ポルタ文庫

松山《まつやま》あやかし桜《ざくら》
坂《さか》の上《うえ》のレストラン《東雲《しののめ》》

田井ノエル

新紀元社

おしながき

Menu

第一幕　ロープウェイ街のオムライス

1

おっと、お客さんはご新規様だね？

とりあえず、いらっしゃいませだ。

まあ、まあ。まずは席に座って、座って。別に、とって喰ったりしねぇよ。

ここは逢魔町《おうまちょう》……って、その顔は知らないって様子だね。いいぜ、オイラは優しいんだ。ていねいに教えてやるよ。

え？　これ？

オイラの尻尾がどうかしたかい？　ここは逢魔町なんだぜ？　……まあ、ホントは隠さなきゃいけないんだけどな。オイラ、そんなに変化《へんげ》が得意じゃあねぇんだ。

え？　お客さん。逢魔町を知らないのかい？

逢魔町は、幽世《かくりよ》と現世《うつしよ》の交差点。半分はあやかしの世界で、半分は人間の世界ってところさ。日本中、いろんな場所にあるって話だが、あいにく、オイラは松山の逢魔町しか知らねぇ。

ここじゃあ、あやかしがいるなんて、当たり前だぜ？　お客さん、知らずに入ってきたのかい？

ああ、そうかい。噂でしか聞いたことないってやつか。しょうがねぇなぁ。

まっ、ときどきいるんだよなぁ。本当のところ、普通の人間は入れないはずなんだけどよ。なんらかの縁があると、入れちまう。

古い神職者の家系だったり、ここにいるあやかしと、なにかしらの接点があったり……まっ、いろいろだ。

なんにも知らずに入ってくる人間は、さすがに珍しいけどな！　でも、気にすんな！　慣れてきた！

おいおい。なんだい、その視線は？

まさか、この間転がり込んできた娘みてぇに、オイラがお客さんを喰うとでも思っているのかね？　ふぅん……そりゃあ、心外だ。

よぉし、いいぜ。これから、その娘の話をしてやろうじゃあねぇか。

オイラは優しいんだ。心して、聞いておくことだな。

✽　✽　✽　✽　✽

真っ赤で情熱的なトマト。

その輝きをまとうのは、ライスだ。一粒一粒が生き生きと、美しく染まっている。

一度、丸い器にライスを詰め、上から蓋をするように白い皿を被せる。裏返すと、自由奔放に遊んでいたライスたちが整列し、ドーム型になった。

鶏肉の旨味をよく含んだチキンライスを飾るのは、お月様のような黄色だ。フライパンで形を整えられた、楕円型のプレーンオムレツである。

ナイフで切れ目を入れると……ふんわり、とろとろ。

中から半熟の黄色い卵があふれ出た。

仕上げに、まろやかな光沢のデミグラスソースをかけ、パセリを添える。

その一部始終を、クラスメイトたちがながめていた。唾液を飲み込む音が、どこからともなく聞こえてくる。

けれども、作り手——祝谷《いわいだに》千舟《ちふね》は、オムライスを不満そうに見おろした。

「うーん……まあ……」

千舟は額に指を当ててうなり、ため息をつく。薄っぺらいエプロンを投げ捨てるように脱いで、腕組みをしてしまった。

千舟の態度を、周りのクラスメイトたちは慣れた様子で見ている。だが、その視線は、やや冷ややかであった。

「また祝谷さんのこだわりがはじまった」

「調理実習にどんだけ気合い入ってるんだか……」

「市議の娘っていうからお嬢様だと思ったら、アレやもんね」

しかしながら、そんな言葉の数々など千舟の耳には届いていない。いや、届いてはいるが、完全に意識の外であった。

「外見はまずまず。初めてのたんぽぽオムライスやけん、それを考えたら上出来なんかなぁ……」

などと、自分の料理を分析してしまう。

特になにも考えていないと、つい口からは伊予《いよ》弁が漏れてしまう。先生や年上が相手なら、だいたい敬語を使うが、今は調理実習の班活動だ。気兼ねする必要などなかった。

「いただきます」

千舟は顔の前で手をあわせた。

目を閉じて、じっくりと、噛みしめるように。

日本人には馴染みの深い慣習だ。

しかし、千舟にとっては儀式のようなものだった。

調理した食材に対する感謝……もちろん、それもある。

けれども、千舟の場合は、より料理を美味しく食べるための精神統一のようなものであると位置づけていた。

余計なことを考えていると、料理の味が落ちる。それは作り手にも食材にも失礼だ。

「うん……」

自分で作ったオムライスを一口。

ふわふわ、とろとろ。絶妙な食感の卵が口の中でとろけていく。トマトの甘みをまとったチキンライスも、ほろほろと崩れた。デミグラスソースの濃厚さが際立つが、卵やライスの風味を邪魔していない。

思っていた通りの味だった。

美味しい。

美味しい、けれど。

「やっぱ、ちがうんよ……なんか、納得いかんし……」

すっかりと、オムライスを完食したあとに、千舟はそうこぼしていた。

千舟には、いつも追い求めている味がある。

それがどんな味なのか、千舟自身にもわからない。けれども、どうしても求めてしまうのだ。

そして、辿りつけない。

千舟は再び手をあわせて、「ごちそうさま」と唱える。

「そうですね、全然ちがいますね」

そんな千舟の頭に、ストンと手が載った。

「祝谷さん、まだ試食の時間じゃありませんよ。あと、今日の課題はオムライスじゃなくてハヤシライスですからね？」

家庭科の先生がニコニコとした表情のまま、千舟の頭に載せた手に力をこめる。ググッとふり向かされ、千舟はとっさに笑顔を取り繕った。

「う、うう……試食の前に食べて、すみませんでした。で、でも、たんぽぽオムライスは早くオムレツを切っておかないと、せっかくのとろとろ卵が余熱で固まってしまうので……」

千舟は、最大限言葉を選んで、ていねいに受け答えをした。

けれども、先生が怒っているポイントは、そこではないらしい。

「だから、今日はハヤシライスです！」

「これは卵が載って、デミグラスソースが少し足りないハヤシライスのようなものなので、問題ないと思います」

「あなた、さっき、自分でたんぽぽオムライスって言いましたよね？」

「すみません……今日はオムライスの気分だったんです」

　傍から見るとふざけているような回答だが、千舟の表情はいたって真面目であった。本気で、自分がオムライスを作った言い訳をしている。

「なんとなく、ハヤシライスだと駄目な気がして」

「……もういいです」

　仕舞いには、先生のほうが折れていた。

　千舟は律義に「ありがとうございます」と、自分の言い訳が許されたことに感謝を述べる。

　そのやりとりを見ていたクラスメイトは笑いを禁じ得ない様子だった。

　千舟はどこ吹く風ですましている。

　その心中では、「今度はカレー風味のソースもいいかも……」と、次の料理について考えているのだった。

2

あーでもない、こーでもない。

下校中に千舟がぐるぐると考える内容といえば、やはり、料理のことだ。

「また考えごとですか？」

「車だし、好きにさせてください」

千舟は後部座席で頬杖をつき、景色をながめる。

広い道の真ん中を、オレンジ色の路面電車が走っていた。道沿いに並ぶビルは新しいものから、古いものまでまちまちである。人々の生活感が滲み出る日常の風景だった。親しみやすい下町情緒があるといえば、聞こえがいい。

しかしながら、窓の外を流れるように、いつもの道が過ぎ去っていくのは、ただただ単調。だからこそ、考えごとがはかどる。

祝谷家は戦前から、ここ愛媛県松山市に関わってきた。

現市議会議員である祝谷広見《ひろみ》は千舟の父親である。

本職は祝谷神社の神主なのだが、現職の神主が市議もしているというのは、なかなかにレアケースだ。そもそも、祝谷家をはじめとした、古い神職者の家系にだけ認められる特権のようなものらしい。

といっても、広見の場合は祝谷家の婿養子で、市議の仕事に注ぐ時間が長く、神主のほうは、ほとんど肩書きだけだ。

そんな父親は過保護なことに、娘の登下校に運転手を寄越してくれていた。

自分は、いわゆる「お嬢様」というやつなのだと、自覚がないほど千舟も無知ではない。

多感な小学生のときは、みんなと一緒に登下校できなくていやだったが、今はこの環境をありがたく使わせていただいている。登下校中に宿題ができるし、今日のような考えごとにも適しているからだ。

「今日は混んでいますね」

運転手の砥部《とべ》が、ふぅーっと息をつく。

そういえば、景色が進まなくなっている。渋滞のようだ。ラジオは、交通事故のニュースを告げていた。

「別に急がなくていいですけど。家に帰る前に構想をまとめておきたいし」

「いえ、お車の都合です。このあと、広見様をお迎えにいく予定ですので」

なるほど。父の都合か。

千舟の送迎はあくまでも、ついで。自分の運転手を貸し与えているだけである。「お嬢様」ではあるが、漫画のように専用の運転手や執事がつく、ファンタジー級のぶっ飛んだお嬢様ではない。

「ここから、目的地に直接向かえば間にあいますか？」

千舟は学生鞄を手に持ちながら、砥部に問う。

「ええ、まあ。ここからなら、なんとか」

「じゃあ。わたしは歩いて帰ります」

言うが早いか、千舟は止まっている車の後部座席の扉を開けて外に出た。

チェック柄のプリーツスカートが揺れる。マフラーの内側に入った三つ編みをうしろにふり払うと、しなやかな光沢を放つ黒髪が弾んだ。

「千舟さん⁉」

砥部があわてている。

そんな大げさな。ちょっと歩いて帰るだけだというのに。

「じゃあ、ありがとうございます。たまには、外を歩きながら考えるのも、悪くないですよ。寒いから、頭が冴えそうです」

基準は自分の思考の阻害にならないかどうかだ。疲れるとか、危ないとか、本来の送迎の目的は、どちらでもよかった。そもそも、松山の治安は悪くない。高校生にもなって、車での送迎は大げさだ。

千舟はスタスタと肩で風を切って歩いた。

冷たい冬の風が身体を包むので、千舟はマフラーで口元を覆う。顔の周りが温かくなると、少しは寒さもマシになった。

もう一月だ。年が明けて、いっそう寒さが増している。

目の前には、ゆるやかな坂道。

現存する天守、松山城をいただく城山の坂道だ。

このさきに、松山城へ登るためのロープウェイ乗り場や登山道がある。通称、「ロープウェイ街」だ。

松山市が誇る観光名所の一つであり、様々な商店や飲食店、施設が並んでいる。

煉瓦色のタイルで舗装された歩道。街灯や案内板はレトロなデザインで統一されており、どことなく明治大正時代の風を吹かせていた。電線はほとんど地中に埋められ、青い空や流れる雲がよく見える。

司馬遼太郎の小説『坂の上の雲』をテーマにした街づくりを目指して、市が環境整備に力を入れた結果だ。以前に比べると、道後温泉地区とあわせて観光客が増加しているらしい。外国人の姿もたくさんあった。

松山市で最もにぎわうスポットと言っていいだろう。

そして、――。

「あ……」

ここがどういった場所であるかを思い出し、千舟は車を降りたのは誤りだったのではないかと反芻《はんすう》する。

しかし、ただ近道として通るだけだ。なんということはないはず。今までだって、通り過ぎるだけならば、問題はなかった。

カラリンドン

どこからともなく、音が聞こえてきた。

お店のドアチャイム？

優しく、乾いた音だ。

木製のチャイムだろうか。

カラリンドン

まるで、迷子を誘《いざな》うように再び千舟の耳に届く音。

不思議な響きに気をとられて、千舟はフラフラと横道へと入る。

そして、進めば進むほど、興味を引かれていった。

「いい匂い」

千舟が向かうさきから、美味しそうな匂いがしてくるのだ。おそらく、洋食。濃厚なデミグラスソースであった。

「こっちかな?」

家庭科の実習で作ったばかりだというのに、まだ飽きないのか。そうも思ったが、身体は正直である。蜜の香りに誘われる蜂のように、足が進んでいく。

やがて、辿りついたのはロープウェイ街から一本、道を逸れた路地だった。

美味しそうな匂いの店は、すぐに見つかる。

小さな庭を持つレストラン。

丹塗《にぬ》りの柵の向こうには、桜の木が見えた。固いつぼみをつけ、春に向けて花を開く準備をしている。枝が店の前まで伸びており、咲けば美しくなるはずだ。

店構えはなんとも、独特。

白く塗られた土壁や重厚な屋根瓦は和の空気だが、パンジーやプリムラの鉢を飾った大きめの出窓や、扉の形は洋風であった。店先にはお洒落な蔦模様の傘立てが置いてあるかと思えば、隣には信楽焼の狸が鎮座している。

丸い看板には「洋食レストラン　東雲《しののめ》」と書いてあった。こんなところに、このような店があるなんて聞いたことがない。

千舟はぼんやりとしながら、店の扉に手をかける。

カラリンドン
さきほど聞こえてきたものと、同じ音だった。瓢箪が三つぶらさがっている。この音でまちがいなさそうだ。

「はいよ、いらっしゃいませ！」

店の奥から、威勢のいい声と足音がした。

小学生くらいの男の子が、メモを持ったまま飛び出してくる。

ずいぶんと小さいが、店のお手伝いだろうか。白い着物の襟からインナーのシャツが見えており、明治時代の書生を思わせる。青い袴姿もあわせると、小説『坊っちゃん』の主人公みたいで可愛らしい。

こんなに小さな子供が働いているなんて、珍しい。平日で学校から帰って、すぐの時間なのに。

家族経営の洋食店なのだろうか？

「ご予約のお客さんかい？」

問われ、千舟は首を横にふった。

「なるほど、ご新規様だね。一人？」

千舟はコクコクと首を縦にふる。

「見ない顔だねぇ？　まあ、ここにいるってことは、なにかの縁があるんだろう？

それとも、待ち合わせかい？」

「え、え……？」

子供とはいえ……お客に対してフランクすぎでは？　千舟は面食らって、声を出すことができなかった。「お客様は神様だぞ！」などと言うつもりはないが、初めてされる対応に戸惑ってしまう。

「ま、とりあえず、だ。席についてくれよ」

男の子はそう言うと、忙しそうに店内を示す。

店は繁盛しており、テーブル席はほとんど埋まっている。まだ夕方の早い時間なのに、結構なことだ。

「ん？」

なにこれ？

席を探そうとしたところで、千舟は自分の目に映った光景を疑った。

男の子の背後に見慣れないものが動いている。

「お客さん、どうかしたかい？」

クイックイッ。

問いながら、背後のモノが左右に揺れた。

「尻尾⁉」

それは、尻尾であった。茶色でまるっこい。小さいが、もふりとして思わず触りたくなってしまう。

「あ……あ……」

千舟は口を震わせながら、自分が今、目にしているものを指さした。

いきなり指をさされて、男の子は不思議そうに首を傾げている。しかし、自分のおしりから尻尾が出ていることに気がつくと、「あ！」と声をあげた。

あやかしだ。

千舟は男の子の正体を、そう結論づける。

ロープウェイ街から一本外れた――この通りには、もう一つの側面があった。

ここは「逢魔町」と呼ばれている。

日本でも数ヵ所存在する、幽世と現世が交錯する場所。

幽世とは、神や死者、あやかしが生活する異界である。いわゆる、「あの世」や「黄泉《よみ》の国」などという呼ばれ方もしていた。逆に現世は人間が住む世界。「この世」である。

基本的に幽世と現世は分離しており、交わることはない。けれども、ここ松山のように互いの世界同士が交錯し、融合している場所がある。

そのような場所は、総じて「逢魔町」と呼ばれていた。

逢魔町とその周辺では人間とあやかしが共存している。そして、いくつかの掟のもとに、あやかしたちは基本的に人間から正体を隠して生活していた。

もっとも、このことについて、詳しく知っているのは行政や政治、神職に関わる一部の人間だけだ。

千舟の父親である祝谷広見はその一人である。

神職に就きながら、市の政治にも携わることで、逢魔町の運営に関わっていた。県や国にも、似たような役職の政治家、行政担当者がいるらしい。

祝谷家の人間は、代々、その役割を担っている。

一般の人々は、逢魔町の存在を知っているが、あやかしたちは人間に紛れているため、実際にはどんな場所なのかよくわかっていない。

なんとなく、「こういう場所があるらしい」という噂になっているだけだ。年配の人ならともかく、若い世代だと、ただの迷信や都市伝説のような扱いである。

千舟の場合は、父親から詳しい話を聞いて知っていただけだ。

商売を営む者もいると聞いていたが……まさか、こんなところに店があるとは思っていなかった。そういえば、店構えが独特だ。

あやかしの店には、自然とあやかしばかりが集まるものらしい。そもそも、逢魔町には人除けの結界が張られており、普通の人間は近づけないのだ。

どうして、千舟は入ることができたのだろう。

祝谷家は逢魔町の運営に関わっている。

未成年とはいえ、千舟も一応は関係者だからだろうか？

「あやかし……」

千舟は身震いした。

――あやかしどもと関わるな。奴らは、油断すれば人を喰う化け物だ。

小さいころから聞かされてきたセリフがフラッシュバックする。

怖い。と、千舟は身構えてしまった。

「………………」

逢魔町に住むあやかしには掟がある。

一つ、あやかしは正体を隠さなくてはならない。

一つ、人間を傷つけてはならない。

一つ、争いをしてはならない。

細かい掟は他にもあるが、大まかなところはこうだ。

これらの掟を守らないあやかしは、幽世へ強制的に送還される。人間とあやかしによって結成された自警団が存在し、悪さをするあやかしを裁いているという話だ。

掟は絶対であり、あやかしたちは掟を守って暮らしている。

逢魔町と、その周囲では人間とあやかしが共存するための社会が成立しているのだ。

けれども、父から千舟が聞いているあやかしたちは――。

「お、お店をまちがえました……わたし、帰――」

千舟は震えながら、口を開く。

「うわあ！　美味しそう！」

千舟が去ろうとした瞬間、家族連れのお客が声をあげた。彼らもあやかしだろうか。子供が無邪気に、テーブルにのった料理を見て笑っていた。

オムライスだった。

大きめの皿の真ん中に、ドンと黄色の楕円型の卵。焦げ目がなく美しい。トマトベースのソースがかかり、パセリが彩《いろどり》を添えていた。

オーソドックスなオムライスである。

なんの変哲もない、なつかしさのある、家庭料理のような見た目であった。

それなのに、なぜか千舟の目はそのオムライスに釘づけになってしまう。

「ご注文の東雲オムライスです。どうぞ、お楽しみください」

そう告げたのは……とびきりの美青年《イケメン》だった。

月並みな表現だが、そうとしか言い表せない。

きれいなシナモン色の髪やグレーの瞳は、外国人のようだ。肌は石膏みたいに滑らかで白く、なんとなく近づきがたい。

老緑《おいみどり》の着物を襷《たすき》掛けし、袴を着けている。人形のような顔に反して、まくりあげた袖から見える腕はたくましかった。

彼もお店の人だろうか。

「いらっしゃいませ」

青年が千舟に笑いかけた。千舟はビクンッと驚いてしまう。完全に、こちらへ話しかけられるとは思っていなかったのだ。まるで、お店にディスプレイされたマネキンを見ている気分になっていた。

お客に「いらっしゃいませ」と声をかけるのは、自然なことなのに。きっと、彼の人形めいた容姿のせいだ。

「あなたは……」

固まっている千舟を見て不思議に思ったのか、青年は眉間にしわを寄せていた。千舟を凝視して、困った顔をしている。驚いているようにも感じられた。

千舟の顔に、なにかついているのだろうか。

心配になったが、すぐに千舟が人間だからだと気づいた。

ここは、あやかしの店だ。本来は、千舟のような者は来られない。変に思われているのだろう。

千舟は、あわてて口を開いた。

「すみません、帰……」

帰りますと告げようとして、再び口を閉ざす。

さきほど客席に運ばれたオムライスに、再び目が釘づけになってしまったのだ。

なんの変哲もないのに。

食べたい。

唾を飲み込んだ。

そう思ってしまうと、千舟は自分でも制御できなくなる。

「……オムライスを、ください」

自然と言葉が漏れていた。

自分でも意外だ。どうしてだろう。帰ろうとしていたのに。

「オムライスですか？」

青年は、グレーの目を細めた。

「かしこまりました……まずは、席についてください」

男の子とちがって、青年はていねいにそう告げた。声は低いが、のんびりと落ち着きがある。聞き取りやすくて、のほほんとする響きを持っていた。春の縁側でお茶でもすすっていそうな穏やかさだ。

「はい……」

千舟は言われるままに、空いている席へと移動した。

まあ、食べるだけなら……。

あやかしの店といっても、普通に営業している飲食店だ。ご飯を食べるだけなら、害はない。

第一、掟を守らないあやかしは罰せられるのだ。白昼堂々と人間を喰うはずがない。オムライスを食べたら、すぐにここから出よう。そうすれば、安心だ。

「すぐに作りますね」

言いながら、青年は奥へと歩いていく。

彼は無造作にかけられていた白い布を手にする。

迷うことなく、広げて袖を通したのは——割烹着だった。ついでに、キュッキュッと頭に三角巾をつけていた。

これは。

昭和のお母さん……！

外国の人形のような美青年が、瞬く間に昭和のお母さんになっていた。とても似合っているが……千舟は言葉を失ってしまう。

そして、理解する。

彼はホールスタッフではなく、このお店のシェフなのだ、と。

たしかに、さきほどの和装は料理に向かないけれど……もっと、別の衣装はなかったのだろうか。洋食屋なら白い調理服もあるだろうし、和風寄りなら作務衣など……よりによって、どうして割烹着。いや、機能的で素敵な服なのだけど。

素材がいいだけに、余計にギャップを感じてしまった。

「はいよ、お冷《ひや》だよ」

「あ……ありがとう、ございます……」

そう思っているうちに、男の子がお冷を運んでくる。レモンの香りがついていて、ちょっぴり心がやすらぐ。

見回すと店の外も独特だったが、店内も不思議な雰囲気であった。

床はフローリングで、飴色の机や椅子は洋式である。けれども、照明は天井から吊るされる赤提灯。薄暗い店内には、天狗やおたふくの面が飾られていた。

お洒落、なのだろうか。わからない。こういう美的感覚は、千舟には欠落しているものであった。

しかしながら、漂う空気はとてもいい。

厨房からは油を引いたフライパンでなにかを焼きあげる音が聞こえる。トントンとリズムよく刻まれる包丁や、鍋がぐつぐつ煮える音も実に心地がよかった。

他の客が食べる料理の匂いに、お腹が鳴る。

隣の家族は子供がオムライス、父親はハンバーグ、母親がビーフシチューを食べていた。どれも食欲をそそる匂いである。

千舟の期待は高まっていった。

「もし」

店の隅に座っていた老人が声をかけてきた。

大きいお腹が特徴的だ。しわくちゃの顔には、長いヒゲが生えている。小柄で背筋が曲がっていた。

「君は人の子かね?」

あやかしの店だ。人間か、そうでないか問われたのだろう。

「人間です」

千舟はコクリとうなずいた。

「珍しい……君のような若い娘を、この店で見るのは、十七年ぶりかの。まあ、彼女も君ほどは若くなかったと思うが」

「そんなに珍しいんですか？」

「まあまあかの。ここには、縁があれば入ることができる。だが、縁がなければ、結界に阻まれる」

「縁、ですか……？」

　さっきの男の子も、そんなことを言っていた。

「逢魔町に関わる縁だよ……きっと、君は縁があるのだろうねぇ」

「はあ……そういうことなんだと、思います」

　やはり、逢魔町に入ることができたのは、千舟が祝谷家の人間だからだろう。父の広見は婿だから、母方の実家にはなるけれど。

　腑に落ちない気はするが、現に店に入っているため、「そういうものなのか」と、千舟は納得するしかなかった。

「おじいさんは、あやかしですか？」

「わしがあやかし？　いやいや、わしはちがうよ」

　千舟のことを物珍しいと言いながら、老人はそう返した。彼は、あやかしではないらしい。

ということは、千舟と同じ人間か。

なんだか、不思議な人だ。

「まあ、仲良くしておくれ」

まるで、これからも、つきあいがありそうな物言いだ。

千舟はオムライスを食べたら、すぐに出ていくつもりなので、ちょっと申し訳なくなってくる。

口ぶりからして、常連客のようだけれど。

あやかしの店に出入りする人間など、千舟からすれば理解できない。自分のことは棚にあげておくが……だって、今日のことは事故のようなものだから。

もう二度と来るつもりはない。

「お待たせしました」

厨房から、落ち着いた低い声。

青年が、料理を運んできた。待ち時間はあまり感じていない。なかなか手際がいいようだ。

「あれ？」

オムライスを見て、千舟は眉を寄せた。

楕円形の卵に、オーソドックスなトマトソースはかかっていない。

代わりに、たっぷりの大根おろしとネギ。

「これって」

「和風オムライスです。東雲の裏メニューなんです」

裏メニュー？

初来店の千舟に、いきなり？

千舟は訝しむように和風オムライスを睨みつけた。

「わたしは普通のオムライスが食べたかったんです」

ハッキリと、そう告げる。

千舟が食事することにしたのは、オムライスを見たからだ。オーソドックスだが、あれが食べたいと思った。だからこそ、ここにとどまっているのだ。

それなのに、ちがうものが出てきた。

ラーメンを注文したはずなのに、チャーシュー丼が出てきた気分だった。

「お客様は、こちらのほうが好みだと思いまして……ほとんど、僕の勘と言いますか。上手くは言えませんが……ご希望なら、作り直してきます」

無理強いはしない。そう態度に表して、皿をさげようとする青年の手を、千舟はほとんど反射的につかんだ。

当たり前なのだが、マネキンのように見えた身体には体温があった。

「いいえ、食べます」

それはポリシーだった。

食材に失礼なことはしない。もちろん、作り手にも敬意を払う。

提供された以上、千舟には、このオムライスを食べる義務があった。

それに、彼が和風オムライスを作った理由にも興味があるのだ。どうして、これを千舟に提供したのだろう。

単なる気まぐれかもしれないけれど、そうではないとも思う。

「いただきます」

千舟は青年の目の前で、両手をあわせた。目を閉じて、オムライスのことだけを考える。

食前の儀式を終えて、スプーンを持った。

見た目は普通のオムライス。卵の巻き方が完璧で、焦げ目がなく、きれいだった。

外見はいい。

千舟は黄色い卵の膜をスプーンで割る。すると、中からトロッと半熟の卵が現れた。

完璧には固まりきっていない黄色は、ソースのようにライスの間へ溶けていく。

ライスには、ほんのりと醤油の色がついている。ふわりと浮きあがる香りは、ほっとする優しさがあった。

「あ……」

一口。

すぐにわかる。

美味しい。

やわらかい食感の卵に包まれたライスが、口の中でほどける。醤油とバターの香りが鼻腔まであがり、脳を染めあげていった。

「これって」

そして、ライスになんとも言えない甘みが混ざっている。なんの味だろう。とても馴染みがある気がするが、すぐには思い出せない……。

「あ……削りかまぼこ？」

オムライスに含まれる味の正体に気がつき、千舟はライスをスプーンでかきわけた。醤油に染まったライスの中から、細かいクズのようなピンク色が見える。

削りかまぼこは、いわゆる、かまぼこの削り節だ。

弾力のあるピンク色のかまぼこを乾燥させ、細かく削っている。

愛媛県南予《なんよ》地方の特産品だ。愛媛県民には、ご飯のお供の定番であった。お吸い物や鍋に入れても美味しい。

オムライスに入っているなんて……。

このような使い方を、千舟は思いついたことがなかった。

しかし、削りかまぼこのおかげで、オムライスはとても優しい味がした。千舟の張りつめていた心が和《なご》み、自然と笑顔になる。

「ポン酢をかけると、風味が変わりますよ」

青年が厨房からポン酢のビンを持ってくる。

千舟がオムライスを気に入るタイミングを計っていたのだ。あざとい。戦法があざとすぎる。憎いあと出しに、千舟はうなった。だが、ポン酢を使ってみない選択肢はない。

「ありがとうございます」

まずはポン酢を一滴。

「わ……」

ポン酢をかけた箇所を口に含むと、味がまったく変わっていた。

「甘い……？」

意外にも、ポン酢の酸味はほとんどない。逆に醤油の塩気が丸くなっている。そして、バターのコクと削りかまぼこの甘さをよりいっそう強く感じることができた。

一滴だけで、味が別物になってしまう。今度はもう少し多めにかけて、口いっぱいにオムライスを頬張る。

スプーンを動かす手が、止まらない。

「…………」

皿の上がきれいになっていた。

その皿を、千舟は「寂しい」と感じてしまう。

もっと食べたかった。

「美味しかったですか？」

千舟がオムライスを完食する様子を、青年はずっと見ていたようだ。

千舟は恥ずかしいような気がして、うつむいてしまう。いつもは、人目など気にならないのに。きっと、彼がびっくりするほど、きれいな顔をしているからだ。

「……はい」

千舟は食べ終わった皿を見おろし、落ち着いて手をあわせた。

「ごちそうさまでした」

食前と食後には、必ず手をあわせる。

礼儀として小さいころに教わっても、大きくなるにつれて、忘れている人も多いと思う。

少なくとも、千舟の教室には、このように手をあわせるクラスメイトはいない。小学生のときは、みんな一斉に「いただきます」と「ごちそうさま」をしていたのに、不思議なものだ。

儀式のような行為を終え、千舟は改めて青年に視線をもどす。

「美味しかったです。和風オムライスは食べたことがありますが、初めての味でした。削りかまぼこがいいアクセントになっていて、それでいて、他の風味を邪魔していません。ポン酢も、わたしには新鮮でした……おふくろの味、と言うんでしょうか。まるで、母親の料理でも食べているような気持ちになりました……お店なのに、なんだか、なつかしい味がしたんです」

料理の批評をしてしまうのは、千舟のくせだ。

それでクラスメイトから敬遠されていることも、気づいていないわけではない。今日の調理実習だって、みんな千舟を見て笑っていた。

「なつかしい味ですか」

青年は意外そうに、されど、予想していた、そんな表情で言葉を返した。

長いまつげを伏せる様が絵になっている。このまま、美術館に彫刻品として飾られていても、おかしくはない。

「あの……あなたも、あやかしなんですか？　なんのあやかし？」

「え？　あ、えーと……」

千舟の問い方が無遠慮だったのだろうか。青年は動揺したように、視線を逸らしてしまった。

「僕は……東雲真砂《まさご》といいます。一応、ここの店長です」

千舟の問いとは焦点がズレた回答を、東雲真砂と名乗る青年は寄越した。

「東雲さんですか」

「……はい。東雲はお店の名前と一緒なので、みんなからは真砂と呼ばれることのほうが多いです」

真砂は戸惑った様子だったが、優しげな笑みを千舟に返してくれた。

あやかしは危険な存在だ。

父親から、散々、言い聞かされてきた。

逢魔町の掟があるとはいえ、いつ、人を喰ってしまうかわからない。

凶悪で、狡猾で、残忍で。

目の前に見えていることに騙されてはいけない。

だって、彼らは千舟の――。

けれども、

「わたし」

理屈はわかっているが、どうしても止められないのだ。

昔から、そうだ。自分の悪いくせだと理解しているが、好奇心のほうが勝ってしまう。

「もっと、このオムライスが食べたいです」

「お気に召してよかった。おかわりなら、すぐに作りま――」

「あの！」

真砂がやわらかい表情で返すのを遮って、千舟はその場から立ちあがった。椅子がガタンッと音を立て、大きくうしろにズレる。

「ここで、わたしに料理を教えてください」

言った瞬間に、店の空気がシンと静まり返った。

真砂は、やや引きつった笑顔のまま固まっている。

ウェイターの男の子が、お盆を床に落とした。

店の隅に座っている老人は、「ほう」と、ヒゲをなでる。

「わたし、真砂さんのお料理に興味があります！」

千舟だけが、やり切った表情で笑っていた。

第二幕　お母さんのじゃこカツ

1

「砥部さん、今日もここで結構です。車を停めてください」

送迎の車がロープウェイ街に差しかかったころ、千舟は運転席の砥部に声をかけた。砥部は言われた通りに車を歩道に寄せて、停車する。

「いいですか？　お父さんには言っちゃ駄目ですよ？」

千舟がロープウェイ街で車を降りているのは、父親には内緒だ。そのことをよくおねがいして、千舟は後部座席の扉を開ける。

「しかしですね、千舟さん。この辺りは、広見様より停車するなと――」

「学校の宿題に必要なんです」

適当なことを言って、千舟はアスファルトに両足をおろした。マフラーを巻いて、三つ編みを指で外側に出す。

「千舟さん」

「じゃあ、よろしくおねがいします」

千舟は無理やり言い捨てて、後部座席の扉を閉めた。ダンッと大きな音を背中で聞いて、肩で風を切って歩く。

千舟だって、少し後ろめたい。だからこそ、父には黙っておいてほしいと、念押ししたのだ。

ロープウェイ街に足を踏み入れる。

見た目に、別段、変わったことはなかった。

松山城へ登る観光客や地元の人、外国人が入り混じっている。どこから見ても、普通の観光地だ。

だが、ここは逢魔町と隣りあわせ。

人とあやかしが共存する特別区。

この中にも、人に化けたあやかしがいるかもしれない。あやかしたちは逢魔町に住んでいるが、人に化けて結界の外側も歩いている。

一般の人はくわしくは知らないはず。

本当は千舟も知る立場にはない、この町の秘密。

千舟はズンズンと迷わず、細い路地へと入っていく。最初は不思議なドアチャイムの音に導かれて、恐る恐る歩いた道だ。

しかし、もう今日で三度目。

最初は洋食店の匂いに夢中で気がつかなかったが、逢魔町に入ると空気が変わる。日陰特有のじめりとした湿気。道の両脇には灯籠が等間隔に並んでおり、夜になったら明かりが灯る。

歩いているのは、人の姿をしたあやかしたちだ。

千舟のような人間は、縁がない限り、結界に阻まれてしまうらしい。

カラリンドン

逢魔町の一角にある不思議な店構えの、あやかしのレストラン。

「いらっしゃ――おまえ、また来たのか！」

和洋折衷と言えば聞こえのいい、混とんとした店の扉を開くと、小学生くらいの男の子が飛び出す。

「来ました。今日もよろしくおねがいします」

「ちょ、ちょっと」

千舟は平然と、お店の中へズカズカと歩いていく。まだお客はいないようで、店の中はガランとしていた。

「真砂さん、おねがいします」

制服の上着を脱ぎながら、千舟は厨房に声をかけた。

厨房の人物が顔をあげる。

無造作な前髪の下で、グレーの瞳がまっすぐに千舟を見た。その表情は驚きも困惑もなく、ただ呑み込むように千舟の来店を受け入れている。

白い割烹着と三角巾という、昭和のお母さんのような厨房着も、そろそろ見慣れてきた。

「五郎、お冷を出してあげて」

「おいおい、兄貴ぃ！」

男の子――五郎は真砂に指示されて、口を曲げる。

五郎にとって、千舟は歓迎しない客人でしかなかった。けれども、真砂に言われた通り、グラスに水を注いでいる。

「お冷はいりません。今日は、料理を教えてもらいたいと思います」

千舟はカウンター席から厨房をのぞき込み、両手を腰に当てていた。

一昨日初めてこの店を訪れたとき、千舟は宣言した。ここで料理を教わりたいのだ、と。その宣言通りに、怪しげなレストランに足を運んでいる。

シェフであり、店長でもある真砂は千舟を追い返さなかった。だが、昨日は千舟を厨房には入れていない。

ただカウンター席に座って、真砂が料理を作っている姿をながめる羽目になってしまった。

「昨日はただ見学していたようなものです。今日は、中に入れてください」

表情をムッとさせながら、千舟は五郎から出された水を一気飲みした。真砂は千舟を拒まないが、あくまでも、お客様の扱いである。

「ここはレストランですから。お料理教室じゃないですよ」

「知ってます」

真砂は千舟の勢いに負かされることなく、自分の作業にもどった。

大きなボウルに入っているのは、魚のすり身だ。かまぼこのような白さではなく、灰色である。魚の骨や皮まで一緒にすり潰したのだと、すぐに理解した。

つみれ？

千舟は注意深く真砂の手元を観察した。

厨房に入れてくれないなら、見て覚えるしかない。今の時代にはあわないが、昔の職人はみんなそうやって育ったのだ。

真砂は細かく刻んであったキャベツやニンジン、タマネギをすり身の中に入れて混ぜる。木ベラを使って、サックリとていねいに。作業が手慣れており、プロであると実感する。

「なに作ってるんですか？」

「じゃこカツですよ」

聞いてみたら、アッサリと答えが返ってきた。

じゃこカツはいわゆる、ご当地のB級グルメだ。

すり身に野菜を混ぜて成形し、パン粉をつけて揚げる。魚のメンチカツのようなものだった。

「じゃこカツなんて、あやかしも食べるんですね」

思わず、そんなことを言ってしまう。

不躾《ぶしつけ》だっただろうか。

この店で提供されている料理は、すべて人間の料理と同じものだ。千舟の知っている一般的なレストランのメニューと変わらない。あやかしも普通の料理を食べるのだと、千舟はこの二日で知ったはずだ。

けれども、やはり……自分とあやかしはちがうのだと、知らないうちに一線引いていることを自覚した。

「同じですよ。人も、あやかしも」

そんな千舟に、真砂はゆったりとした口調で答えた。まるで、教会の神父さんの話を聞いている気分になる。

「美味しいものの前では、みんな平等だから」

真砂はごく自然に、当然のことのように笑った。

それは千舟には抜け落ちていた価値観だ。

けれども、考えれば、すぐにわかることである。

千舟は真砂の料理を食べて、「美味しい」と思ったのだ。そして、この店に来るあやかしたちは、みんな同じ気持ち。千舟と同じように、真砂の料理を美味しいと思っている。

当たり前なのに。

「あやかしは、人を食べるんじゃないんですか？」

これは失言だとわかっていながら発した。怒らせてしまうかもしれない。それでも、千舟は真砂の返答が聞いてみたかった。

千舟は真砂の表情をうかがう。

真砂はすり身の形を整える手を止めていた。

「おまえ、馬鹿だなぁ。そんなことしたら、幽世へ強制送還だぞ？　あと、人喰いなんて一部の変わり者がやるんだ。んなことしなくたって、今は美味くて栄養のあるもんが食べられるからな」

答えたのは、真砂ではなく五郎だった。五郎はチョコンと跳ねるように、千舟の隣の席に座る。

よくよく見ると、頭に獣の耳、おしりからは尻尾が生えていた。五郎は自分でも、変化が得意ではないと言っていたのを思い出す。

五郎は化け狸だが、ときどき、耳や尻尾を隠しきれていない。この状態を千舟は二日間で何度か目撃していた。

「でも、お腹が空いていたら……わからないじゃないですか」

「そこまで腹を空かせた輩《やから》なんて、こっちにゃいねぇよ。だいたい、ここは飲食店なんだぜ？　腹が減ったら、料理を食べればいい」

「そう……ですね」

あやかしは、人を食べない。

その言葉に千舟は懐疑的であった。

だって、千舟の母親は――。

カラリンドン
千舟が口を開こうとした瞬間、ドアチャイムが鳴った。ふり返ると、入り口にお客が立っていた。

親子のようだ。

背の高い壮年の男性と、小さな女の子。

男性がキリッとした目つきで店内を見回す。千舟には、不機嫌そうに思え、やや怖い印象を受けてしまった。

女の子は帽子を深く被っており、顔がよく見えない。五郎よりも少し幼そうだ。

二人とも、人間の姿をしていた。

だが、ここは逢魔町だ。この二人もあやかしなのだろう。千舟の思考は、無意識にそちらへ向いていた。

そして、不思議にも思う。

あやかしのことを好きではないのに、自分はどうしてこの店に通っているのだろうか、と。

「へいへい、いらっしゃいませ。お好きな席にかけとくれ」

五郎がカウンター席から飛び降りて、案内をはじめた。

千舟はなんとなく、その様子を観察してしまう。

「すみません。表のメニューを見ました……じゃこカツをいただけませんか？　どうしても、この子が食べたいと言っていて……」

父親はキリッとした目元に、とても愛想のいい表情を浮かべた。申し訳なさそうに頭をさげる仕草は、人間のそれと変わらない。むしろ、ていねいすぎるほどだ。

テーブル席に座った女の子が深々と被った帽子をとった。

父親と似た目元だが、白くて丸い頬が桃のようで愛らしい。サラサラした黒髪は市松人形みたいに切りそろえられている。

頭の上には、黒猫の耳がピンッと生えていた。五郎と同じで、耳を隠すのが不得意のようだ。一目で、彼女が猫又のあやかしだと理解できた。

正体を隠せないあやかしは、逢魔町を歩けないはずである。逢魔町の掟に反するからだ。それゆえの、帽子だったのだろう。

ここは、あやかしが集まるレストランだ。人間が見ているとは思わない。実際は千舟に見られているわけだが。

しかし、あえて指摘する必要もないだろう。

千舟は黙って見つめながら、「襲われたら、自警団に告発するネタにすればいい」と思うことにした。

「じゃこカツなら、今、兄貴が作ってるところだったんだ。水でも飲んで、ちょいと待ってな。とびきり美味いのを食わせてやるよ」

五郎は「へへへ」と笑い、厨房の真砂に「兄貴、じゃこカツ定食！」と注文を飛ばした。

「わかったよ」

真砂は返事を一つ、作業を続ける。

混ぜた生地を成形し、小麦粉を薄くつけてから卵に潜らせる。そして、バットに敷かれたパン粉をたっぷりとまぶした。

そんなに変わった調理方法ではない。しかし、千舟は真砂の一連の動作を真剣に観察していた。

厨房に入れてくれないなら、一挙一動、見逃さないようにしなければ。昔ながらの職人は「技は目で見て盗め」と言っていた。古い考え方だが、実際、まずは見ないとはじまらないとも思う。

「真砂さん、わたしにも同じものをください」

千舟もじゃこカツを注文した。

「はい」

真砂はやわらかく唇をゆるめた。

さきほどまでとちがって、少し嬉しそうだ。千舟がお金を払ってくれるお客になったからだろうか？

そういえば、この人はあやかしなのだろうか。

最初に聞いたときは、はぐらかされてしまった。こんなにきれいな人が人間のはずがないと頭の端で理解しつつ、もしかしたら、あやかしではないのかもしれないという期待もしている。

「お待たせしました」

しばらくすると、カラッと揚がったじゃこカツが千舟の目の前に置かれた。

見た目はほとんどメンチカツである。大きめのパン粉は、こんがりとキツネ色に染まっていた。屋台など野外で食べる機会が多いB級グルメだが、千切りキャベツの山に立てかけられると、ちゃんとした洋食屋のメニューになる。

「いただきます」

千舟はいつものように、両手をあわせた。

目を閉じ、きちんと食材のことを考える。

精神統一を終えて、ようやく、千舟は箸を持ちあげた。

カリッ。

ジュワッ。

箸でカツを割ると、思ったよりもやわらかかった。魚のすり身を成形しているが、中には野菜がたっぷりと入っている。肉汁のように、野菜の水分がにじみ出て、食欲をそそった。

早く食べたい。

気持ちが逸って、口へ運ぶ箸の動きが速くなった。

ザクリとした衣の食感、次いで、魚の旨味を吸った野菜の水分が口の中にあふれる。

アツアツで口を閉じていることができない。半開きにして、少しずつ熱を逃がしながら咀嚼していった。

「すごい……」

これも美味しい。

そう感じた。

「レンコンも入っていますか？」

「よくわかりましたね」

「はい……キャベツやタマネギのシャキシャキ感の中でも、レンコンがいいアクセントになっています。むしろ、レンコンが入ることで、少しほっこりとする安心感があって……あとは、生姜がいいですね。既製のチューブではなく、すりたての味がします」

千舟はくせで、つい品評してしまう。

B級グルメと呼ばれるジャンクフード感は薄い。甘めの醤油と少量の生姜が効いており、とても、やわらかい味わいだ。こんなじゃこカツは食べたことがない。知っている味なのに、全然知らない世界だった。

家庭で作る味。

飲食店を営む真砂には、褒め言葉ではないかもしれない。だが、どうしても、千舟には「なつかしくて」「ほっとする」味に感じられた。

そして、いつも自分が求めていたけれど辿りつけなかったのは、この味であると思うのだ。

「……ちがうんよ」

千舟が満足しながら箸を動かしていると、店内にポツリと声が落ちた。

「こんなん、お母さんのじゃこカツやないやん……」

猫又の女の子は泣きそうな声で、そう言っていた。

千舟は真砂の作った料理は家庭的な味だと感じている。けれども、女の子にとってはちがったようだ。それぞれに育った味があるため、仕方がないことである。

しかし、千舟は「お母さんのじゃこカツ」と聞いて、思わず自分の皿を見おろしてしまう。

千舟が家庭的だと感じているのは、記憶に基づくものではない。

それを今更のように、思い出させられた。

だって、千舟は母親の味を知らないから。

「ちょいと、お客さん。兄貴の料理に文句があるのかい？」

五郎が不機嫌そうにからんでいく。

お店の料理にケチをつけられて、怒っている。というよりも、真砂の料理に対して文句をつけられて気に入らないといった物言いだ。「兄貴」と呼称していることからも、彼が真砂のことを慕っているのがわかる。

「すみません」

女の子の代わりに、父親が謝っていた。本当に申し訳なさそうで、聞いているこちらが居た堪れなくなる口調だった。

女の子はなにも言わず、ただ黙って箸を置いていた。

「この子は……伊吹《いぶき》は、亡くなった妻の料理が食べたいだけなんです……私では、作ってやることもできなくて。いつも、おやつに食べていたようなのですが……既製品では、駄目みたいで」

父親は、そう説明した。

その言葉を千舟は聞き逃がすことができなかった。

猫又の伊吹が食べたいのは、ただのじゃこカツではない。

母親が作った料理なのだ。

「私は人間の妻をもらって、逢魔町に移り住むことを決めた身です。必死に働くあまり、家に帰っていなくて……」

「え、奥さん。人間なんですか？　あやかしなのに？」

つい口を挟んでしまった。

千舟は自分の口を押さえたが、遅い。猫又の父娘は、じっと千舟を見つめた。五郎などは、「なに言ってんだこいつ。そういうこともあるだろ？」と、当然のような顔をしていた。

ここでは、千舟が異質である事実を思い出す。

逢魔町に来る人間は、縁がある。

普通の人間とちがってあやかしの存在を知っているし、ある程度の理解があるのが前提なのだろう。

だからと言って、あやかしと結婚など、千舟には考えられないことだった。

「ほほう。こりゃあ、困ったのう」

店の隅には老人が座っていた。いつ、入店したのだろう。まったく気がつかなかった。

千舟が初めて東雲を訪れたときにもいた。あやかしではないと言っていたし、ものすごい変わり者なのだという印象しかない。

「………」

伊吹は黙ってうつむいている。

たかが、じゃこカツだ。

けれども、伊吹が母親の味を求める気持ちが千舟には理解できてしまう。

きっと、彼女にとっては追い求めるべき味で……自分が帰りつくべき味なのだ。とても美味しくて、安心して、優しくて——そんな味なのだと想像する。

「あの……」

千舟はヒソヒソと、厨房の真砂に声をかけた。

「わたし、作りましょうか？」

なぜか、そんな提案をしていた。

真砂の料理は千舟が家庭的だと感じているだけで、やはり、飲食店の味だ。それなら、素人の千舟が作ったほうが「それらしく」なるかもしれない。

千舟だって料理の覚えはある。恥ずかしいものを提供するつもりはなかった。

「そうですね……」

千舟の提案に、真砂はしばし考え込む。

「では、おねがいがあります」

やがて、出てきた一言に千舟は表情を明るくする。

しかし、次の瞬間には、落胆することとなった。

2

「本当に、これでええんかなぁ？」

千舟は不安な気持ちで表情をくもらせた。ついつい伊予弁も漏れてしまう。

手にしたのは、おみやげショップの小袋。

——ここに書かれているものを買ってきてください。

そう言いながら、真砂は千舟にメモを手渡したのだ。メモに書かれた内容を見て、千舟は眉をひそめた。

え？　これ？

真砂に背中を押される形で、千舟はそのまま買い出しに行かされてしまった。そして、目的のものを調達したが、千舟には真砂の意図がわからない。

おみやげショップで五百円程度。近所のスーパーまで足を伸ばせば、もっと安く買える代物だ。

これを、どうするというのだろう。

千舟は納得がいかないまま、しかし、好奇心もあり、レストラン東雲への道を急ぐ。

単純に真砂がどんな料理をするのか気になった。

彼の作る料理は千舟の好奇心を揺さぶる。わくわくして、楽しい。次はなにが出てくるのか考えるのが面白い。

この買い出しも意味がわからないが……きっと、いい結果になるのではないかと思えた。

「真砂さんも、あやかしなんかなぁ……」

一方で、こんな不安にも似た疑問が頭をよぎった。

あやかしの集まるレストランのシェフで店長。マネキンのように、ありえない美形で、とても家庭的な美味しい料理を作る。

人間にしては、ちょっと出来すぎていた。

きっと、あやかしだ。

一度だけ聞いてみたが、はぐらかされた気がしたので、なんとなく、確認の機会を見失っていた。

あやかしじゃなかったら、いいのに。

そんなことを無意識のうちに考える。

千舟は自分の母親を知らない。

物心つく前から、母親は千舟のそばにはいなかった。その理由を、ずっとずっと知らされていなかった。

初めて、父親である祝谷広見から母親について聞かされたのは、千舟が中学生になったときだ。


――おまえの母親は……朝美《あさみ》は、桜のあやかしに喰われてしまった。


その言葉を聞いたとき、千舟は一瞬だけ「桜に食べられるとか、きれいやなぁ……」と感じた。遅れて、じわりじわりとその意味を呑み込み、それはとても怖いことなのだ、と理解した。

それくらい現実から乖離《かいり》した話だ。

最初は、母親がいないことと、父が語った言葉が結びつかなかった。

それまで、あやかしも逢魔町の存在も、ただの都市伝説だと思って生活していた。どうして、自分には母親がいないのかと聞いても、誰も答えてはくれなかった。それが当たり前になりかけていた。

だが、その瞬間から世界が反転して、別の色に見えたのだ。

自分の知らないところに、なにか得体の知れない存在が、ひそんでいるかもしれない。

世界は、千舟が知っているよりも、ずっとずっと怖いもので、優しくなんてない。

今、目の前にあるもの。

今、手にしているもの。

全部、全部、いつ反転してしまうかわからない。

どうして、誰も教えてくれなかったのだろう。そう思ったこともあったが、周りの事情だってわかる。だから、中学生になるまで伏せられていたのだ。

どうして。

わからない。

知りたい。

目を逸らして当たり前に生きていると、いつか反動がくる。そんな気がして、怖かった。

どうしてかわからなければ、考える。

わからないことは探求する。

知りたいことは知る努力をする。

千舟はいつしか、自分の「どうして」を放置するのが怖くなってしまった。考えることで、その恐怖を緩和するようになった。

わからないままなんて、いや。

千舟は自分の「どうして」を探し続けた。

ずっと、わからないままにはできない。

きっと、千舟が食べたかったのは母親の味だ。

母親の料理など食べたことがないのに、ずっと追い求めていた。

知らないから。

だから、真砂の料理を食べて救われたのだ。

彼の料理は母親の味を、満たしてくれる気がした。

千舟の母は、もっとちがう味つけをしていたかもしれない。そもそも、料理なんてしない人だったのかもしれない。それもわからない。

だけど、真砂の料理は千舟が食べたかった味だった。

千舟がいくら悩んで研究しても、辿りつけなかったもの。

それだけはたしか。

だから、知りたいと思う。

母親を食べてしまったのは、桜のあやかし。

それはとても怖い。恐ろしい。こうして歩いているだけで、人間に化けたあやかしと、すれちがうかもしれない。
母を食べたあやかしもいるかもしれない。
真砂だって……。
背筋が寒くなった。
真砂が人間だったらいいのに。そうしたら、なにも気にしなくていいのに。
千舟の身勝手だ。
身勝手に自分の願望を押しつけようとしている。
いつも知りたいと思うのに。
知らないことは怖い。
でも、知ることも怖い。
どちらも、とても勇気が必要なのだ。
なんて、わがままなんだろう。
そんな自分に嫌気もさす。
「ああ、もう」
千舟は首を横にふる。
今は急ごう。早く帰らないと、レストランのお客が待っている。
千舟は「お母さんのじゃこカツが食べたい」と言った、猫又の伊吹の顔を思い出していた。

「買い出し手伝ったけん、今度こそ、厨房に入れてもらわな」

そう意気込んで、ロープウェイ街の裏路地へと踏み込む。

人通りの多い観光地から、やや薄暗い雰囲気へと空気が変化する。逢魔町に踏み込んだのだ。今なら、空気でわかる。

ちょっと異質で不思議。

だが、好奇心をそそられる。

父からは、逢魔町には決して近づいてはならないと言われていた。母を食べた危険なあやかしもいるから、と。千舟も同じ目に遭うのではないかという心配も含まれているだろう。

そんなことは、わかっている。

でも、千舟は好奇心に打ち勝つことなんてできなかった。

だって、知りたいから。

真砂の料理を、もっと知りたかった。

カラリンドン

瓢箪のドアチャイムを鳴らして、風変わりな店へと入る。

「おう、遅かったな！」

視線が千舟に集まった。

テーブル席には、猫又の父娘が座ったままだ。伊吹は、さきほどまでと同じで、泣きそうな顔をしている。父親のほうは、ただただ申し訳なさそうだった。

二人が待っていてくれて、千舟は安堵する。

「ありがとよ。そいつを寄越すんだ」

五郎が不機嫌そうに、千舟からビニール袋を奪おうとした。しかし、千舟は五郎には渡さず、厨房へと歩く。

「真砂さん、買ってきました」

千舟は、自分が買ってきたものを真砂に示した。

「ありがとうございます」

真砂はニコリと、カウンター越しに商品を受け取ろうとする。が、千舟はニヤリと唇の端をあげ、差し出した手を引っ込めた。

「？」

真砂が不思議そうに首を傾げる。

千舟は商品の代わりに、自分の人差し指を真砂に突きつけた。

「厨房に入れてください」

交換条件だ。

渡す代わりに、千舟を厨房に入れること。

千舟の提案した条件に、真砂はしばし黙った。

「わかりました」

けれども、アッサリと答えは出た。

「それを持って、中まで入ってください。エプロンは……申し訳ないけれど、僕の予備を使ってください」

厨房の隅にかけられた白を視線で示される。真砂はエプロンと言ったが、実際は割烹着だった。

「わかりました」

千舟は意外に思いながらも、勝ち誇った表情で厨房の入り口へと向かった。

「おい、兄貴！」

五郎が抗議しているが、知ったことか。店長の真砂が許可したのだから、千舟の勝ちである。

「よろしくおねがいします！」

厨房に入る前、千舟は伊吹をふり返る。あいかわらず泣きそうな表情のままだ。

笑顔になってほしい。

あやかし相手なのに、そう思っていた。

真砂は、この食材を使ってどんなものを作るのだろうか。どうやって、伊吹を笑わせるのだろう。

楽しみだった。

3

割烹着は少しだけ油染みがあり、真っ白ではなかった。

真砂と千舟の身長差もあり、サイズがあわない。そもそも、こんなに大きな割烹着があるなんて。

千舟は袖をまくりあげる。

縫い目を見ると、手作りのようだ。もしかすると、これを自分で縫っているのだろうか？　夜なべで針仕事？

真砂から漂っている、昭和のお母さんの匂いが、ますます濃くなっていく。

「思ったより、いいのを買ってきてくれたんですね」

千舟が買ってきた食材を取り出しながら、真砂が笑う。

「この辺りだと、スーパーよりもおみやげショップが近かったので」

「なるほど」

三枚で五百円程度の「じゃこ天」だった。

これは愛媛県南予地方の郷土料理で、魚を皮や骨ごとすり潰して揚げている。かまぼこのようにプリッとした食感と、魚の旨味、そして、細かく砕かれた骨の噛み応えが楽しめた。

元々、じゃこカツは、このじゃこ天の製法からアレンジしたＢ級グルメだ。こちらのほうが元祖とも言えるだろう。

どちらも美味しい。

だが、地元に住む千舟にとっては、食べ飽きてありふれた味でもある。大きな声を出して、「これ美味しい！」と他人に勧めるほどの品ではなかった。

「これを、どうアレンジするんですか？」

真砂は、どんな料理をするのだろう。千舟は好奇心を隠さずに聞いてみる。

刻んですり身と混ぜてみても、食感がいいかもしれない。

じゃこ天は骨や皮も一緒にすり潰してあるので、炊くと出汁もとれる。味噌汁やおでんに入れることも多いし、炊き込みご飯にしてもいい。なんにでも使いやすい練り製品だと思う。

けれども、千舟の想像をはねつけるように、真砂はサラッと言った。

「パン粉をつけて、揚げるだけです」

「へ？」

それだけ？

千舟は拍子抜けして、継ぐ言葉がなかった。

千舟の拍子抜けを後押しするように、真砂は爽やかにうなずく。

「はい」

「え、でも、じゃこカツ……ですよね？　それ、じゃこ天のカツじゃないですか？　むしろ、じゃこ天フライ？」

これから作るのは、「じゃこカツ」のはずだ。お客の注文は、じゃこカツなのだから。

そのために、千舟は買い出しに行った。

なのに、じゃこ天を揚げるだけ？

それは、もはや、まったく別の料理である。

「どうしました、千舟さん？　お手伝いしてくれるんですよね？」

「え、ええ……あ、はい！」

真砂が当たり前のように言うものだから、千舟はあわててしまう。どうやら、千舟にも手伝わせてくれるらしい。

「油の用意をしてください」

「わかりました！」

千舟は言われた通り、フライヤーの準備をした。さきほどまで、じゃこカツを揚げていたので、大した手間はない。機械を操作して油を熱し直す。

ずっと、真砂が料理するのをカウンターから見ていた。厨房になにがあるのかは、なんとなく把握したつもりである。

その間に、真砂はじゃこ天に細かい切れ目を入れていく。均等に火が通りやすいようにしているのだ。次いで、小麦粉をまぶす。

ボウルに用意された溶き卵に、じゃこ天を潜らせた。黄色い卵をまとった茶色の練り物は、そのままバットに移される。最後に、ザクザクとしたパン粉でコーティングした。

本当に、このまま揚げるの？

千舟の疑問を肯定するように、真砂は油の入ったフライヤーに、パン粉をまとったじゃこ天を入れていく。

「でも、真砂さん……」

絶対に、さっきのじゃこカツのほうが美味しい。

そう言おうとして、口を噤む。

じゃこ天は、すでに油で揚げている。もう完成された代物だ。

それをもう一度油で揚げる行為に、千舟は抵抗しかなかった。

きっと、熱したことによって生地が縮こまってしまう。持ち味のプリッとした食感が消えて、硬くなるだろう。

千舟はあからさまに表情をくもらせた。

千切りキャベツの盛られた皿に、「じゃこ天のカツ」が二枚載せられる。くし切りのレモンを添えて。

「お待たせしました、伊吹ちゃん」

真砂は割烹着をいったん脱いで、袴姿で厨房の外へ出る。料理の皿を自分でテーブルまで運んでいった。

その姿を、千舟はどんよりした気分でながめていた。

「…………」

目の前に置かれた皿を伊吹は睨んでいる。

「いただきます」

伊吹はポツンと言って、手をあわせる。人間と同じ作法で、箸をとった。

カリッと、揚げたての衣を噛む音がする。

知らないうちに、千舟は息を呑んでいた。なんとなく、真砂も緊張していると感じた。

「………」

伊吹の目に涙が溜まる。

「これ……」

一口、二口、カツを口に入れるたびに、泣きそうになっていくのが伝わってきた。

噛みしめるように、じっくりと味わっている。

「……美味しい」

いよいよ両目から頬に涙をこぼしながら、伊吹はそう漏らす。

「お母さんと、おんなじ……」

涙を服の袖で拭いながら、伊吹は必死で口の中にカツを運んだ。鼻水をジュルジュルとすすりながら、嬉しそうである。

やがて、泣き顔は笑顔になり。

満面の笑みで、お皿を両手で持ちあげた。

「お兄さん、おかわりください！」

伊吹から皿を受け取って、真砂は優しく笑う。春の風に揺られる花のように、温かくてやわらかい表情だ。

「かしこまりました」

厨房に帰ってきた真砂に、千舟はどう言葉を発すればいいのかわからなかった。

あれは、じゃこカツではない。

けれども、どうして、真砂が伊吹の食べたかったものを再現できたのか、知りたかった。

「伊吹ちゃんのお母さんと知りあいだったんですか？」

「いいえ？」

真砂は平然と返した。

「じゃあ……なにか特殊能力でも？」

例えば、あやかしの力とか。

オブラートに包んで聞くが、真砂は首を横にふる。

「千舟さんは、おやつにになにを食べることが多いですか？」

「え？　……おやつ、ですか……買ってきたものが多いかもしれないです。あとは、手軽に作れるお菓子？」

プリンなど手間のかかるお菓子は、前日から用意しておく。そもそも、ケーキやクッキーは焼いてから時間が経たないと食べられない。

やはり、手軽に買い食いか、サッとできるもの。ホットケーキだったら、焼いてすぐに食べられる。

「家事と育児に忙しい普通のお母さんが、夕食ならともかく、手間のかかるじゃこカツをおやつに作りますか？　しかも、既製品を揚げたわけでもない」

「あ……」

そうだ。伊吹は、「お母さんがおやつに作ってくれたじゃこカツ」が食べたかったのだ。

夕食ならともかく、おやつに出せる手軽さなら……手間のかかるじゃこカツなど作らない。冷凍のじゃこカツではないとしたら、なおさらだ。

「ご家庭でお腹の空いたお子さんに作るなら、これくらい簡単なほうがいいんですよ」

たしかに、真砂が作ったじゃこカツは美味しい。

けれども、あれを家でおやつとして頻繁に食べるのは難しいのだ。千舟にだって、どれだけ手間かかわかる。

美味しい料理を作るだけではない。

その人が、どんな環境で、どんな想いで料理を作っていたのか。

そこまで読んで、真砂は料理をしているのだ。

やっぱり、この人はすごい。

料理で他者を幸せにできる人だと思った。

「美味しそうに食べてますね」

おかわりのカツを食べる伊吹を見て、千舟は当たり前のことを口にした。彼女が美味しそうに食事しているのは、誰でもわかる。

だが、千舟には、新しい世界が拓《ひら》けているように思えた。

あやかしも人間と同じように食事をする。

美味しい料理を食べて感激している。

自分の食べたい味を求めている。

そして、当然のように「お母さん」や「お父さん」がいる。甘えたり、恋しく思ったり……。

まるで、人間だ。

彼らは人間と同じ感性を持っている。

そんなこと、今までの千舟は知らなかった。

あやかしは人間の世界に隠れ住んで、いつか人間を喰おうと機会をうかがっている存在だ。

千舟の母親が桜のあやかしに食べられてしまったように。

ずっと、そう思っていた。

けれども、このレストランにいるあやかしたちは人間と同じ。

今までの千舟が持っていなかった価値観。

思ってもいなかった世界だった。

「あやかしって、普通なんですね……」

普通という言葉は人間を主体にした言い回しだ。あやかしに対して失礼だと思う。しかし、口にせずにはいられなかった。

真砂はそんな千舟をたしなめず、変わらない笑みを向けてくれる。

「あやかしが嫌いですか？」

「……怖いと思ってました」

千舟はうつむき、言葉をたしかめるように紡ぐ。

「わたしの母、あやかしに食べられて亡くなったそうなんです」

「………」

真砂は眉を寄せたまま、千舟の言葉を聞いてくれた。

「物心ついたころから、どうして自分にはお母さんがいないのか不思議だったんです。中学になって、父から聞いて……怖かったです。自分が知らないところに、得体の知れない存在がいると思うと」

もう一度、猫又の父娘に視線を向ける。

「でも、わからなくて。ここに来るあやかしは、みんな人間みたいだなって……ううん。人間と同じなんですよね……？」

本当は区別するべきではないかもしれない。

そう心の中で改める気持ちがありながら、「そんなはずない」と目を逸らしている。自分が知っている価値観を、世界を、また否定されて反転させたくなかった。

世界が変わることは怖い。

見える色がまるっきりちがってしまう。自分がいる場所がどこなのかわからなくなる。

ただただ、怖い。

自分の心の中が矛盾しているのも、気持ちが悪かった。

小さくなって震えそうな千舟の肩に、真砂は手を置く。

「僕は」

「あやかしでも、人間でも、お腹が空いていたらご飯を食べてもらいたいなと思うだけですよ」

外は真冬なのに、彼だけは……春の花のようだと思った。言葉一つひとつが温かくて、安心する。話していると、とても明るい気分になれるのだ。

「お腹がいっぱいになれば、幸せですから。美味しいものを食べて、お腹いっぱいになったら、笑っていられます」

単純な理論だ。

でも、食欲は人間の三大欲求の一つで……あやかしも同じなのだと思う。

美味しいものを食べて、お腹いっぱいになって、笑って過ごす。

簡単すぎるけれど、まちがっていない。

「どうしました?」

真砂のことをまじまじと見ていたらしい。

真砂が千舟の顔をのぞき込んでくる。

「いえ……」

まがりなりにも、真砂は超がつくイケメンである。そんなに見つめられると、ちょっと照れた。

「もしかして、わたしに和風オムライスを出したのも、なにか意味があったんですか?」

最初に東雲へ来たとき、千舟は普通のオムライスを注文したが、真砂はなぜか、和風オムライスを提供した。

彼がなにも考えていなかったなんてことは、ないはずだ。

「一目でお客のニーズを見分ける秘訣はありますか? なにか、秘密があるんですよね?」

真砂が口を開く前に、千舟は質問を畳みかけた。

ついつい好奇心が先立ってしまう。ふと、ニュースキャスターなど、向いているのでは？　と、思うことがある。

真砂は千舟の勢いに圧《お》されたのか、苦笑いした。

「千舟さんの場合は……」

「はい」

千舟はすかさず、メモを取り出す。こういう大事なことは、是非とも書き留めなければ。

「……なんとなく、好きそうだなって……それだけです」

「そんなはずないです。わたしたち、初対面でしたよね」

「だから、なんとなくですよ」

それはない。

千舟は落胆して肩を落とす。

「教えてくれたって、いいじゃないですか……」

厨房になかなか入れてくれない。料理の秘訣も教えてくれない。一方で、千舟がレストランに出入りするのは禁止しない。

そんな真砂の態度が、千舟には理解しがたかった。

しかし、千舟は無理やり押しかけているだけの「お客」だ。

厨房は料理人の聖域というし、長年培ってきたノウハウを易々とさらすのは気が進まないのもわかる。

こうやって押しかけているのは、真砂の迷惑でしかない。母親のような味を研究したいという千舟の自己満足を満たすためだけに、無理は言えない。

シュンと肩を落として、千舟は割烹着を脱ごうと、結び目に手をかける。

「あ、千舟さん。ディナーに使うので、そこの鍋をとっていただけますか?」

「え?」

不意に声をかけられて、千舟は自分の足元を見る。調理場のシンクの下に、蓋をしたままの寸胴が置いてあった。

「東雲謹製、熟成カレーです」

そう言われて、初めて、真砂が千舟に厨房の手伝いをたのんでいるのだと気づいた。

「いいんですか?」

問うと、真砂はキョトンと目を丸くする。

「お手伝い、してくれると言っていたじゃないですか」

ニコリ。眩しい笑顔で返された。

正面から美形スマイルを受け止めて、千舟は思わず、「うっ」と尻込みする。割烹着の昭和のお母さんスタイルなのに、やはり、顔がいいとは罪だ。

けれども、ようやく真砂の言葉の意味を呑み込んで、千舟は表情を明るくした。

「はい！　お手伝いします！　美味しいご飯、教えてください！」

嬉しい。素直に思いながら、千舟はゆるめた割烹着の紐を結び直した。

キュッと布が締まる音とともに、心も引き締まる。

「おいおいおい……兄貴！」

カウンターの向こうで、五郎が不機嫌そうに口をはさんだ。

「いいんだよ」

そんな五郎をなだめるように言って、真砂は千舟から大きめの寸胴を受け取った。なかなかの重量がある。真砂がしっかりと取っ手を持ったことを確認してから、千舟は手を離そうとする。

「う……」

お互いにしっかりと鍋を持とうとすると、どうしても手がふれあう。

中性的とも言えるきれいな顔に反して、手は男の人らしく力強かった。長い指は角張っており、たくましい。格好は割烹着なのに、映画の中の王子様のように見えた。

手に触れると……心臓がドキリと音を立てる。

寸胴の重みを真砂が支えたのを確認して、千舟はサッと手を引っ込めた。

「よっこいしょういち」

え？

真砂の口から出たかけ声に、千舟は自分の耳を疑った。

「すみません。こんなに重いものを持たせて」

真砂は何事もなかったかのように——いや、本人に自覚はない——爽やかに笑いながら、寸胴をコンロに置く。

「えっと……なんですか、それ？」

千舟が聞き返すと、真砂は無邪気な表情でふり返った。

「なにか言いましたか？」

「え、え？　いえ？」

なにかのネタだろうか。新しいお笑い芸人？

千舟は素早く、カウンターに置いていたスマホを引っつかむ。

「オッケー、グーグル。よっこいしょういち」

こっそりと音声入力で検索をかけてみた。いろいろな検索結果が並んだが、要約すると、昭和五〇年代に流行ったギャグ……。

昭和のギャグ……この顔から飛び出すとは思っていなかったので、完全に不意を突かれてしまった。

「千舟さん、そこにお皿を並べてください」

「あ、はい！」

頭が追いついていない千舟のことなど気にせず、真砂は次の指示を出す。千舟はあわててスマホをポケットに入れて、調理場に皿を並べた。

なにはともあれ、がんばろう。

そう思った。

第三幕　幽世帰りのミートソース

1

毎朝、目が覚めると、そこには現実がある。

同じような日常が流れていて、それに乗り遅れないよう歩くのだ。

ただただ、周りの人と似たような毎日を過ごしていく。

だからこそ、新しいことがはじまると、ドキドキする。

鏡の前で髪を結ったとき、千舟は自分の顔が少しゆるんでいる理由を、こう結論づけた。

いつものように、手早く髪を三つ編みにする。いまどき、三つ編みにする女子高生など、ほとんど見ない。クラスには、千舟だけであった。

しかし、これも習慣のようなものだ。慣れ親しむと、それを変えるのには、勇気も体力もいる。

新しいことをするのは、冒険だ。わくわくもするが、怖くもあった。

でも、踏み出してしまえば、案外、なんとかなったりすることも、今の千舟は知っている。

今日も、学校のあとに東雲へ行こう。

これも、千舟にとって習慣化しつつあった。

千舟が見つけた新しい世界だ。

「千舟」

トットットッと軽快なリズムで階段を下りると、声がかけられる。

自分の中に、多少、後ろめたい気持ちがあったのか。

千舟は肩をビクンッと震わせた。

「なに？」

父親——祝谷広見であった。

少しだけ怖い顔をして、こちらへ歩いてくる。

なにを言われるのかは、なんとなく察していた。

「おまえ、最近、歩いて帰っているそうじゃないか」

「………」

千舟が東雲へ通うようになって、二週間ほど経つ。最初は運転手の砥部にロープウェイ街の入り口で車を停めてもらっていた。だが、そのうち、煩わしくなって車に乗らなくなったのだ。

「砥部さんから聞いたん？」

千舟の口調は投げやりだった。どうして、こんなふうな言い方になってしまうのだろう。自分でも、少々驚いた。そんなつもりなど、あまりないはずなのに。

「おまえがＬＩＮＥひとつで送迎を断ってくるとな」

普段から、厳めしい顔の人だ。それが、眉間にしわが寄り、いっそう難しい表情になった。

選挙のときは、あんなに愛想よく笑うのに。と、千舟は冷めたことを考えてしまっていた。

「ロープウェイ街の近くで停車させられたこともな」

やっぱり。

口止めはしたが、効果は薄いとわかっていた。砥部は千舟に雇われているわけではないのだ。仕方がない。

「学校の課題があるんよ」

「ずっとか？」

本当のことを話せと圧をかけられているのだと思う。

反発など、ささやかな抵抗でしかない。

「わたし……逢魔町へ行っとるんよ」

千舟が言った瞬間に、広見は驚きの色を見せた。

そして、暗い表情をする。

「やはりか」

千舟は一度、広見から視線を逸らす。

「わかっているのか。あそこには、あやかしが――」

「たくさんおったよ。わたし、あやかしのお店でアルバイトしよるけん。そこで、料理を教えてもらいよんよ」

すべて白状しようなどとは、思っていない。そういう気持ちで発した言葉ではなかった。

千舟は広見に伝えたいだけだった。

「みんな普通に生活しよった。お父さんが言うみたいに、怖いあやかしなんて、おらんかった」

まだ二週間だが、千舟は毎日、東雲を訪れるあやかしを見てきた。

みんな、人間と同じように生活し、ご飯を食べている。笑ったり、泣いたり、人間と同じ感性を持っていた。

「そんなものは、まやかしだ。実際に朝美は……」

「なんで、お母さんが死んでしまったんか、わたしは知らんけど。でも……あやかしやけんって、みんな危ないって、わたしは思えんわ……人間やけんって、みんないい人ってわけでもないよね？」

人間にだって怖い人はいる。犯罪者だっているし、戦争はあいかわらずなくならない。そういう意味では充分、危険な存在だ。

あやかしと区別しなければならない理由なんてない。

「千舟」

「今日も夕食はいらんけんね……お父さんは、わたしが夕食抜いとったん、知らんかったと思うけど」

これは東雲へ通う前からだった。

一応、家にはお手伝いさんがきている。掃除や雑事だけではなく、夕食も作ってくれていた。

千舟は毎日の夕食は「いらない」と伝えている。

理想の味に近づけるため、料理を自分で作っていたからだ。東雲に通うようになってからは、真砂が作るまかないを食べていた。

「おまえ――千舟、待ちなさい」

思った通り、広見は千舟がそんな生活をしていたことを知らなかったようだ。伝える必要もないと思っていた。

「いってこうわい」

千舟は逃げるように、「いってきます」と伝えて玄関へ向かう。

そろえてある靴に両足を滑り込ませる。ストンと踵までフィットしたことを確認。追いかけてくる広見の足音にもふり返らず、そのまま玄関から飛び出した。

2

息が白い。

はあっはあっと、千舟はロープウェイ街のゆるやかな坂道を走る。スニーカーが地を蹴るタッタッという音にあわせて、肩で三つ編みがピョコンと跳ねた。

学校帰り。平日の夕方だが、それでも観光客の姿が見える。

外国人もいるし、時には日本人だと思っていたら外国語が聞こえてきたりもする。

きっと、あやかしもたくさんいるのだと思う。

東雲へ通うようになって、千舟のあやかしに対する考え方は変わった。

彼らも人間と同じように考え、動き、心を揺らすのだということを知っている。

けれども、

——そんなものは、まやかしだ。実際に朝美は……。


千舟の母を食べたあやかしは、どんなあやかしだったのだろう。

桜のあやかしだということしか、聞いていない。もしかすると、広見もそれ以上は知らないのかもしれない。

桜の下には死体が埋まっている。

なんて、梶井基次郎の小説でもあるまいし。

あんなにきれいな桜が人の血肉、命を吸っていると考えると、ぞっとする。が、同時に美しい話だと思えてしまう。

きっと、それは文学だから。おぞましいけれど、美しく、詩的で、はかない。

しかし、千舟の母親が食べられたことは、現実の出来事だ。文学の世界ではないのである。

「おつかれさまです！」

カラリンドン
瓢箪のドアチャイムをならして、千舟はレストラン東雲へ入った。

「……また来たのかよ」

テーブルの片づけをしていた五郎が千舟を睨む。

彼にとって、千舟は面白くない来訪者である。

店主の真砂が許しているとはいえ、急に押しかけてきた迷惑な人間でしかない。それにしたって、結構な嫌われようだと思うけれど。

もしかして、人間嫌い？

「正式にアルバイトをはじめました。わたしは新入りです。仕事を教えてください、先輩」

しかし、千舟は五郎にニッコリと笑顔で返した。

五郎は言い返せない様子だ。面白くなさそうに、ブツクサと小声で文句を言うばかりである。

千舟は、こうもつけ加えた。

「ところで先輩。漫画の新刊を買ってきました。先に読みますか？」

近所にある書店の袋を取り出し、中をチラリと見せる。

五郎の表情が瞬く間に変わった。

「おう。よくやった、後輩！　いいかい、バッシングってのはなぁ、こうやってやるもんだ！」

漫画の表紙を見て、五郎は張り切ってテーブルの皿をまとめた。彼は大量の皿を頭の上に重ね、「あとは任せたからな」と言って、洗い場へ運んでいく。

口では偉そうにしているが、目は輝いていた。今にも、鼻歌が聞こえてきそうだ。

先輩を気持ちよくさせておくのも、後輩の役目である。千舟は洗い場から戻ってきた五郎に漫画を手渡した。

「よかったね、五郎」

二人のやりとりを見ていた真砂が、ふわっと笑う。

二月頭で、外は冬真っ盛りだというのに、この人だけはいつも春のように温かい。外を走って冷え切った指先の感覚など、一瞬で忘れてしまいそうだった。

「別に……その娘は嫌いだけどよ。漫画は面白いからな！」

本にかけられたシュリンク包装をバリバリ破りながら、五郎は言い訳をする。

千舟はテーブルをダスターで拭き、厨房をのぞいた。今日は、なにを作っているのだろう。

カラリンドン

ドアチャイムが鳴った。

寒い風が店内に吹き込むと同時に、東雲に新しい客が来店する。

「いらっしゃいませ！」

五郎や真砂が反応するよりも前に、千舟は元気よく声を張りあげた。そこで、まだ自分が学校の制服姿だったことを思い出す。

「もし……真砂君。お元気ですか？」

店内へ入ってきたお客は、上品な口調で帽子をとって頭をさげた。

落ち着いた三つ揃いのスーツを、かっちり着込んだ細身の男性だ。革靴はピカピカで、手にはステッキを持っている。なんとなく、「英国紳士が服を着て歩いている」などと思ってしまった。

「ああ、百之浦《ひゃくのうら》さん。お久しぶりです。幽世はどうでしたか？」

真砂はいつも通りのやわらかい口調で、百之浦と呼ばれた紳士に返答した。

「ええ、別段、変わりなかったです。はて？　おかしいな。ああ、そうだそうだ……装いをまちがえた」

百之浦は自分の服装を改めて見おろし、肩をすくめた。彼は店のテーブルにつきながら、クルリとステッキを回す。

　ほんの一瞬。

　千舟は目を離していなかったのに、百之浦の服装がガラリと変わっていた。服は深いグレーを基調としたシングルスーツに。ステッキは革のセカンドバッグになっていた。帽子の代わりに、薄型のタブレット端末が現れる。眼鏡がキラーンと光った。

　英国紳士が、令和のビジネスマンに様変わり。

「いやはや、慣れないものですね」

「でも、どちらもお似合いですよ」

　百之浦も、あやかしが化けている姿なのだ。東雲のお客は、千舟以外はみんなそうなので、もう慣れた。

「コーヒーと、あとは……いつものください。やっぱり、松山へ帰ってくると、アレが食べたくなります」

「わかりました。そろそろいらっしゃると思って、用意していましたよ」

　真砂は心得ていると言いたげに、ニッコリ笑った。

　千舟は制服の上に割烹着をまとい、厨房へ入った。

鍋の火にかけられているのは、ミートソースのようだ。すでに下準備がすんでいる。

「いつ、誰が来るか、真砂さんには読めるんですか？」

「まさか……百之浦さんは、逢魔町の自警団なんですよ。幽世から松山に帰ってくる日は、だいたい決まっているんです」

真砂はなんということもなく、種明かしをしてくれる。なるほど、常連客のスケジュールを把握して、好みの料理を準備しておくのか。

「味見しますか？」

「はい」

問われて、千舟はすぐにうなずいた。

真砂は小皿に少量のソースを入れてくれる。

千舟は、まず色をたしかめた。

ミンチ肉は細かくなってソースに溶け込んでいる。じっくりと炒められた証拠だ。余計な油分が落ち、尚且つ、肉の旨味がしっかり残っているはずだ。野菜も原形がなくなっていた。

「甘いですね」

ソースを舐めると、すぐに甘みが広がった。

砂糖の甘さではない。

「野菜の甘みが強いですね。よく見ると、野菜の形がまったく見えないくらい煮込まれています。すごい量のタマネギ……でも、あとから、舌に辛みが残る。これ、ペッパーソースはいらないんですね。甘いけど、香辛料のスパイシーさがくせになります。お肉がほとんど主張していないのに、こんなに美味しいなんて」

なんとなく、この味もなつかしい。

けれども、その要因はいつもの「家庭的」とは別のところにあると、千舟は気づいた。

「これ、『でゅえっと』のミートソーススパゲティみたいですよね」

「そうです」

千舟が言い当てると、真砂はしっかりとうなずいた。

『でゅえっと』は松山市駅前に店を構える昔ながらの洋食店である。一人前が五百グラムという量の多さが際立つが、昔ながらのオリジナルミートソースが人気で、松山の人間が好む味の一つだった。日によっては店の外まで行列ができている。

大盛りなので、運動部の学生にもありがたいようだ。千舟は、いつも三百グラムの小サイズをたのんでいる。

「再現性が高いですね」

「みんな、あの味が好きですからね」

「たしかに」

　松山市民が好む味。

　それは、ここで暮らすあやかしたちも同じなのだと思う。

「初めて松山の逢魔町へ赴任してきたときに食べて以来、病みつきになってしまってね……でも、人間のお店で食べるのは、気をつかうでしょう？　職業柄、あんまり人間のお店に通うのを見られたくありませんし。真砂君が作ってくれるようになって、本当に助かっているのですよ……本家の味も、たまには堪能しますけど」

　百之浦は饒舌に語った。

　たしかに、彼らのようなあやかしは、化けるのが上手くても、人間の店で飲食するのはハードルが高い。なにかの拍子に、変化が解けることもある。東雲でも、料理を食べたあやかしが、つい感激して正体を現してしまう事故がときどき見られた。特に逢魔町の自警団ともなれば、下手なことも許されないのだと思う。

　百之浦の主張は千舟にも、なんとなくわかった。ここは、食事をするためだけではなく、憩いであり、息抜きの場でもあるのだ。

「特に、最近はあやかしに対する風当たりが強いもので……もっと、取り締まりを強化しろと、上からの圧力もありましてねぇ」

　百之浦は世間話のような、愚痴のような、困った顔で息をついていた。だいぶ疲れているみたいだ。ネクタイをゆるめて、椅子の背もたれに体重を預けている。

「市議の祝谷さん？　あの人、元々部外者のくせに口を出しすぎで……やっぱりねぇ、古い家が婿なんてとるもんじゃないですね。当時は新しい風が新鮮だったし、古くさい考え方なんてやめて、自由にすればいいと思っていたんですが……今となってはねぇ」

百之浦の話を聞いて、千舟はドキリと身を強ばらせた。

父の話だ。

広見は祝谷家に婿として入り、今は市議もしている。千舟は父の仕事について、ほとんど知らなかった。

もしかすると、知る機会を避けていたのではないかと思えてくる。今まで、意識的に千舟は、広見の仕事に興味を持とうとしていなかったのではないか……。

千舟は、知りたいという欲求が強い。しかし、そのわりに無意識的に避けていることも多すぎるのではないか。そんな気がしてくる。

けれども、今は純粋に聞いてみたい。

あやかしから、人間はどう見えるのだろう。そして、父はどのような存在なのか。今まで知ろうとしなかった分、聞いてみたいと思った。

千舟は百之浦の話に聞き耳を立てる。

「大変ですね」

真砂は千舟が祝谷の人間だと知っているせいか、少々、やりとりがぎこちなかった。だが、千舟が無反応を装うので、会話を切らずに続けている。

「上の人は、現場の苦労を知らないんですよ。まったく」

百之浦は難しい顔で、足を組み替えている。

真砂は会話をしながらも、手早く茹でたスパゲティをフライパンで炒めていた。『でゅえっと』のミートソーススパゲティと同じ作り方だ。こうすることで、やわらかい部分と、少し焼き目がついて、歯ごたえのある部分ができる。そのランダムな食感が妙にくせになるのだ。

そういえば、しばらく、『でゅえっと』のミートソーススパゲティを食べていなかった。

「千舟さんのまかないも、あとで用意しましょうか？」

じっと見ていたせいだろう。真砂がこっそりと、笑いかけてくれた。

「い、いえ……別に食べたかったわけでは……勉強のためです」

「食べるのも勉強ですよ」

食べたいと思っているのが、見抜かれていた。考えていることが筒抜けで、千舟は恥ずかしくなってくる。

「じゃあ……あとで作ってください。小盛りで……」

「あそこの並盛りは、多いですもんね」

「美味しいんですけどね」

「ええ。今度、一緒に食べにいきますか？」

「え、一緒に⁉」

真砂は「ふふ」と笑いながら、できあがった料理の盛りつけをはじめる。

サラッとデートに誘われた気がしたが、まったく意識していないらしい。純粋に、食事をしようと言われただけのようだ。

千舟は気を取り直して、深呼吸する。

「本当に、『でゅえっと』みたいですね」

「百之浦さん、見た目もこだわるんですよ」

真砂は『でゅえっと』と同じように、お皿に山盛りのスパゲティを載せていた。そして、上からたっぷりのミートソースをかける。

「百之浦さん、お待たせしました」

カウンター越しに五郎が受け取り、百之浦のテーブルへ運ぶ。

「ああ、ありがとう。真砂君の料理は、いつも安定していますね」

「ありがとうございます。うちは百之浦さんのような、常連さんに支えられているんですよ」

真砂は厨房で笑っている。

彼はいつもそうだ。

料理を食べるお客をながめているのが、とても嬉しそうだった。心から喜んでいるのが容易にわかる。

「ああ、これこれ。これが好きなんですよねぇ」

百之浦は真面目そうな顔をほころばせて、フォークでミートソーススパゲティを混ぜはじめる。しっかりと混ざったところで、彼は白い皿を持ちあげた。

「え⁉」

厨房から様子をながめていた千舟は、思わず声をあげてしまう。

百之浦は皿からかき込むように、ミートソーススパゲティを口に入れている。いや、かき込むなど、生ぬるい表現だ。流し込んでいる。飲み物のように、山盛りのミートソーススパゲティを呑んでいた。

想定外だ。千舟は目を白黒させる。

一応、真砂を確認すると、彼はいつもの表情であった。東雲では、日常茶飯事。通常運行のようだ。

まあ、あやかしだし……と、千舟も納得しておくことにした。

「ごちそうさまでした……ふう。やっぱり、スパゲティは呑むに限る。逢魔町の外だと、こんな食べ方は、できませんからね」

百之浦が手をあわせて、厨房に頭をさげる。

大きな皿に盛られた五百グラムのミートソーススパゲティは、きれいに食べられていた。皿についたソースも、フォークで器用にすくいあげられている。

満足そうな顔で、百之浦はカウンターに代金を置く。

「いつも、ありがとうございます。真砂君のおかげで、もう少しお仕事がんばれそうです」

そう言いながら、百之浦は自分の顔の横で人差し指を立てる。宙にくるんと円を描いた。

すると、ボッと小さな音とともに、炎が灯った。

狐火だ。

「これは、おみやげです」

狐火がカウンターに燃え広がった。千舟は燃えさかるカウンターにびっくりしてしまう。だが、真砂は表情を変えなかった。

燃えたように見えたが、ちがうらしい。炎はまったく熱くなく、どんどん小さくなっていった。

カウンターに残ったのは燃えかすではなく、無数の鬼灯《ほおずき》。

しかし、一般的な赤や黄色の鬼灯ではない。中に蛍のような光が宿っており、黄緑色に輝いている。

「……きれい……」

千舟は、つい鬼灯に手を伸ばした。

「やめておきなさい、娘さん」

鬼灯に触れようとする千舟を、百之浦がやんわりと制する。

「これは幽世の品ですから。あなた、現世の人でしょう？」

「幽世の……？」

逢魔町は幽世と現世の交差点。二つの世界が交錯する場所だ。

ここにあるものは、現世のものだけではない。

「あやかしの滋養強壮剤みたいなものですよ」

百之浦は言いながら、なぜかホールで片づけをしている五郎に視線を向けていた。

千舟もチラリと五郎を観察してみる。別に普段と変わったことはなさそうだ。

「逢魔町にいるあやかしは、基本的に人に化けて暮らします。しかしながら、中には、化け術を得意としない者もおりますので……定期的に幽世の実を摂取することで、妖力を補強するんですよ」

なるほど。と、千舟は納得した。

五郎は上手く化けているが、ときどき、尻尾が出ている。

「この実は、味が薄くて匂いもないので、お料理に入れても邪魔をしないんですよ」

真砂が補足してくれた。

きっと、五郎のまかないに入れているのだろう。先日訪れた猫又の伊吹なども、変化が苦手な様子だった。

真砂も、彼が作る料理も優しい。

人間の中で変化が解ければ、そのあやかしは自警団によって幽世へ送還されてしまう。そうならないように、手を打っているのだ。

「悪事らしい悪事を働いていないのに、あっちへ送るのは、しのびないですからね。私らも、鬼ではないので……ただ、最近、この実を規制する法案を通そうとする市議もいましてねぇ……」

百之浦が疲れた表情で額に手を当てた。

さきほどの言葉が思い出される。

きっと、規制を訴えている市議は——。

「あ、安心してください。千舟さんのお料理には、入れていませんからね」

暗い顔をしていたようだ。真砂があわてて弁明する。

千舟が考えていたことは、そちらではないのだけれど。

「わたしが食べると、どうなるんですか？」

流れで疑問を口にする。

「死にますよ」

ぞっとするような低い声で、百之浦が告げた。

顔に表情はなく、のっぺりしている。その様が余計に、千舟の恐怖心をあおって背筋が凍った。

「百之浦さん、冗談はやめてください。千舟さん、大丈夫ですよ。一つ食べた程度では、死にませんから。むしろ……」

「むしろ？」

「千舟さんたち人間には、効果が強すぎまして……一つ食べると、十年分の活力がわきます」

「活力……？」

「人によりますけど、十年分の体力がみなぎって、スポーツですばらしい記録を出す人もいます。芸術家なら、十年に一度レベルの天才的な作品を仕上げるなどです」

それは、とてもいいことなのではないか。千舟はにわかに、興味がわいてきた。

「ただ、代わりに十年分の歳をとります」

「え」

副作用か。それは考えものだ。

「ドーピングですよ、娘さん。こんなものが、まちがって現世に出回るのはよろしくないのです。だから、規制しようって側の主張もわかるんですがねぇ」

「た、たしかに……怖いかも……」

百之浦の言葉に、千舟もうなる。

これを必要とするあやかしは、きっとたくさんいる。けれども、現世に出回っては困る。

「そのために、私ら自警団が努力しているのですよ。実際、逢魔町ができてから、一度たりとも、こいつを外に流出させたことはありません。その努力を少しは認めてほしいのですが……なかなか聞き入れてはもらえませんね」

百之浦は肩をすくめた。

「真砂君のところなら、通っているお客も多いし、しっかり管理してくれる。私らも、ここで料理を注文すれば相場よりもだいぶ安く食べられると、安心して説明できますので。真砂君がいてくれて、私は嬉しいですよ」

「そんな……大げさですよ。僕はそんなんじゃないです……」

百之浦に肩を叩かれて、真砂は視線をさげる。単に恥ずかしがっているようには見えなかった。

「まだ、あの件を気にしているのかい？　君がいてくれないと、困るあやかしもいるんですよ」

東雲に料理を食べにくるあやかしは多い。それは真砂の料理が美味しいからだけではないようだ。

「せめて、個人での持ち込みを禁止して、こういった店でのみの提供を許可してくれたら、双方にとっても、ちょうどいいのでしょうがねぇ……上の態度が軟化してくれたら、言うこともないのですが」

百之浦の意見に、真砂もうなずいていた。

千舟も、そう思う。

「まあ……真砂君、たのみましたよ」

時計を気にする動作をして、百之浦がいそいそと退店していく。自警団の仕事も大変なのだろう。

「真砂さん、ごめんなさい」

千舟はシュンとして、肩を丸めた。

真砂は不思議そうに首を傾げている。

「わたし……お父さんの仕事、全然知らなくて」

「ああ、そういうことですか」

百之浦が言っていた市議は、祝谷広見のことだ。

黄緑色の鬼灯の話を聞くと、広見がやっていることはあながち、まちがいでもないことは、わかる。人間の視点に立てば、必要なことだ。

けれども、やはり、迷惑をかけている。その意識は拭えなかった。

「千舟さんは、千舟さんです」

真砂は変わらない口調だった。

春の日射しのような温かさで、千舟を包んでくれる。

「そうだ……少し早いですが、食べますか？　ミートソーススパゲティ」

時間は午後六時。

今日は、お客が少なく、ホールも厨房も忙しくなさそうだった。真砂は手早く黄緑色の鬼灯を片づけて、準備にとりかかる。

居心地が悪いまま小さくなっていた千舟を、カウンターに座るよう、うながした。

真砂は不思議だ。

彼と一緒にいると、温かい気持ちになれる。

真砂が料理を準備する姿を見ているだけで、心がほんのりと和んだ。

「はい、千舟さん」

白い皿に、ドーンとのったスパゲティ。

「ありがとうございます……」

タマネギなどの野菜を中心に使った茶色いミートソースが、たっぷりかかっている。甘い匂いが食欲をそそった。

「いただきます」

千舟はていねいに、両手をあわせた。

そして、フォークを使ってスパゲティを混ぜる。

スパゲティは山のように盛られており、普通に上から食べるとミートソースが足りなくなってしまう。スパゲティには炒めたときに味がつけられているが、やはり、混ぜるのがベターだろう。

スパゲティにミートソースをからめて、口に入れる。

独特の甘みが広がった。遅れて、スパイスがピリッと舌を刺激するのも心地よい。

スパゲティはアルデンテよりもやわらかめ。しかし、プチプチとした弾力は残っている。よく焼けた部分がところどころ固くなっていて、不均一だが、その食感がまた面白い。

「美味しいです」

やっぱり、そう思う。

「真砂さんの料理、わたし好きです」

じっくりと噛みしめるように。

そう言って真砂を見あげた。

改まって言われたせいか、料理を褒められて照れているのか、真砂は恥ずかしそうに目を逸らしながら、頭をかいている。

「そんな……千舟さん。冗談はよしこさんですよ」

よしこさん？

千舟は目をパチクリと開閉する。真砂はそんな千舟の様子に気づくことはなかった。

念のために、スマホで「冗談はよしこさん」を検索する。

そして、息をついた。

「真砂さん……」

千舟は言おうか言うまいか迷った末に、声に出す。

「なんですか？」

真砂はニコニコと笑っている。特に引っかかるところはないらしい。

「少々申し上げにくいのですが……真砂さん、たまに言葉づかいから昭和臭がします。ネタが微妙です」

「しょうわしゅう？　びみょう？」

え？　僕、なにか悪いことしちゃいました？　とでも、言いたそうだ。悪気のない真砂に、こんなことを言うのは心苦しい。けれども、指摘しなければ、きっと本人は気がつかないだろう。

「平成も終わって、令和がきたこの時代に……冗談はよしこさんは、古いと思います」

「え？　ふ、古……⁉」

「ちょっとオジサン臭いです」

「オジサン⁉」

千舟が平たく言い換えるたびに、真砂の顔が青ざめる。

少し言い過ぎただろうか。

「ガビーン……」

真砂は地獄の底に落とされたような声で、心のうちを吐露する。

「いやいやいや……！」

だが、千舟は誤魔化されないと言わんばかりに、首を横にふる。

「そういうとこ！　そういうところですよ、真砂さん！」

指摘しても、真砂はピンときていないようだ。真面目な顔をしたまま。「僕は……オジサン臭い」と噛みしめるように呟いていた。

この人、完璧に手遅れだ！

どうやら、真砂からときどき昭和言葉が飛び出すのは、「仕様」のようだ。あきらめるしかない。そんな言葉が頭をよぎった。

こんなに顔がいいのに！　センスがオジサン！　そして、割烹着がお母さん！

千舟は、まじまじと真砂を見あげて嘆息する。

「素材はすごくいいのに……」

はあ。と、ため息一つ。千舟は残りのスパゲティを食べてしまおうと、フォークを進めた。

厨房で真砂が「オジサン……オジサン……」と、どんよりした声で呟いていたが、気にしないことにした。

言うべきことは言ったので、あとは関与する必要もないだろう。無責任だろうか。いいや、義務は果たした。と、思う。たぶん。

千舟は、ふと、窓の外を見る。

小さな庭がよく見えた。

桜の木などもあり、きっと、春にはいい景色になるだろう。

「あれ？」

まだ二月である。外も寒く、吐く息が白い季節だ。

それなのに、桜のつぼみがふくらんでいるような気がした。もうすぐ咲きそう。そんな雰囲気だ。

「千舟さん、千舟さん」

　厨房の中で、真砂が膝から崩れていた。ずっと「昭和臭」を引きずっているようだ。

今更ながら、大変申し訳ないことをした気分になった。

「ナウでヤングな言葉づかいって……どうやったら、身につくのでしょうか……？

一応、テレビや新聞は見ているつもりなのですが……ちょっと、わからなくて」

「…………」

　これは一種の病気なのでは？

　千舟は、そのように割り切るのも、悪くないのではないかと真剣に考えはじめてしまったのだった。

第四幕　ホットみかんと十六日桜

1

「寒……」

二月も半ば。

千舟が東雲でアルバイトをはじめて、一ヶ月ほど経った。

外では息が凍るように白く染まる。空を見あげると、冬らしくカラリと乾燥した快晴だ。風が吹くたびに、小さなつむじ風が巻き起こる。

雨が降ったら、きっと雪になるだろう。

もっとも、松山市は瀬戸内式気候であり、一年を通して降水量が少ない。どんなに寒くても、雪は滅多になかった。

温暖で雨が少ないからこそ、柑橘類がよく育つ。愛媛と言えば、みかんというイメージは根強い。収穫量は他県に抜かれてしまっているが、様々なブランドみかんが台頭している。みかん製品も充実しており、そのイメージを保ち続けていた。

「よろしくおねがいしまーす」

千舟はいつものように、学校帰りの制服で東雲の扉を開く。もう慣れたもので、店まで迷うこともない。

カラリンドンと、瓢箪のドアチャイムも耳に馴染んできた。

「また来やがったな……！」

千舟が入るなり、五郎が悪態をつく。彼は特別、人間が嫌いというわけではなさそうだが、なぜか千舟への当たりが強い。

ただの「ツンデレ」として片づけてもいいとは思えなかった。

千舟の父親のことだろうか。それにしたって、矛先がちがう気もする。

妙に引っかかりがあった。

「五郎先輩。そろそろ、慣れてくれてもいいじゃないですか？　わたし、なにか悪いことしましたか？」

「わ、悪いっていうかよ……」

五郎は目を逸らしてしまった。

「今は……まだ……でも、これから、きっと……」

言い回しが妙だ。

「これから?」

「う、うるせぇ!」

千舟が考え込んでしまうと、五郎はぎこちない動作でバックヤードに逃げ込んでいった。

「今度は、オイラが兄貴を守るんだ」

五郎が千舟の横を通り過ぎる瞬間、そう聞こえた気がした。

千舟は五郎を追いかけようと、身をひるがえす。

「ああ、千舟さん。こんにちは」

のほほんとした声に、千舟は足を止める。

五郎と入れ替わるように、真砂が店へと入ってきた。まだ割烹着はつけていない。

老緑の着物を襷掛けにし、袴を穿いた馴染みのスタイルである。

こうして見ると、本当にきれいな人だ。いや、あやかしだったら、人ではないのかもしれないけれど。

最初は、真砂があやかしでなかったらいいと思っていた。けれども、今はちがう。

彼が人かあやかしかなど、些細なことである。

千舟のあやかしに対する認識は変わった。同時に、真砂自身についても、個人として好意を持っている。

「五郎が、どうかしましたか？」

「あ、いえ……やっぱり、わたし嫌われているみたいで。逃げられちゃいました」

「……すみません、悪気はないんです。僕のせいですから……」

「真砂さんが悪いことなんて、ありませんよ！」

五郎が千舟のなにを気に入らないのか知らないが、真砂は関係ない。

だいたい、千舟があやかしをよく思っていなかったのと同じように、五郎も人間をよく思っていないのかもしれない。

千舟はイレギュラー。異質な存在なのだ。本来はここにいるべき人間ではない。アルバイトをしているのも、ひとえに、真砂の厚意である。

「そうだ、千舟さん」

暗い顔をしている千舟の前で、真砂が両手をポンッと叩く。

「千舟さんの制服を注文しておいたんですよ」

「え？」

制服？

数秒おいて、そういえば、千舟はずっと真砂の割烹着を借りていたことを思い出した。ダボダボなので、千舟はいつも持参したシュシュで袖をとめて、腕まくりをしている。

「見てください。可愛いんですよ！」

真砂は、まるで自分のことのように笑って、店の隅に置いてあった箱を差し出した。

「百之浦さんに紹介してもらったお店で仕立ててもらったんです」

蓋を開けると、出てきたのは矢絣柄の着物だった。

真砂が持ちあげると、下から濃紺の袴が現れる。白いエプロンには大きなフリルがついており、とても可憐だった。

「マ、マドンナみたいですね……松山城とか、道後温泉にいそう……」

可愛いとは思うが……なんとなく、観光地に立っている、『坊っちゃん』のマドンナのコスプレに近いものを感じる。というより、まさしく、それだ。観光客と一緒に写真を撮る、アレだ。

「駄目ですか……？」

千舟の反応を見て、真砂がショボンと肩をおとした。

「い、いえ！　全然、可愛いです！　ただ……わたしに似合うかなぁって……」

千舟の私服は地味だ。

休みの日も、デニムとセーターでシンプルに過ごすことが多い。柄もチェックや無地ばかりで、こんな和風ではんなりした模様の服など、着たことがなかった。

容姿に無頓着というか、機能として必要ないと思っている。

「大丈夫ですよ」

真砂は爽やかに言って、着物を千舟の肩に当てる。そして、厨房の入り口についている鏡を示した。

地味な顔に、赤色の矢絣がパッと映える。

いつもより印象が明るくなった。少し布を当てただけなのに、自分の顔ではない気がする。

可愛いのかどうかは、千舟には判断できない。

けれども、気分が華やぐのは、たしかだ。

「ほら、可愛いでしょう?」

真砂は千舟の顔の横で、ニコリと笑みを作る。

か、顔が近い!

千舟は鏡越しに真砂のイケメンスマイルを浴びてしまい、目のやりどころに困った。

顔が耳まで真っ赤になり、両手で隠した。

「真砂さん、そういうの!　そういうの駄目だと思いますよ!」

「え？　僕、また……オジサンみたいなこと言いましたか？」

「今のは、そっちじゃないです！」

イケメンは罪だ。自覚すべきだ。

真砂は優しい。こんなふうに、誰にだって接しているのだろう。だとすれば、被害者は多いはず。これは由々しきことだ。

「すみません。まだ不勉強なので……ああ、そうだ。早速、着てみましょう！　着付けはできますか？　僕がお手伝いしましょうか？」

「き、着付けの、手伝い!?」

「はい。大丈夫、女性物でも着付けできますから」

「真砂さん、アウトです。レッドカード即退場です！　それ、イケメンだから許されるんですよ！　いや、許しませんよ！」

「え、ええ？」

千舟の言っていることについていけず、真砂が困惑している。

たしかに、着付けなんて一人ではできないが……真砂に着付けてもらうのは恥ずかしすぎる。

今度、早めに家に帰って、お手伝いさんに聞こう。以前にも、浴衣を着付けてもらったことがある。そうしよう。そのほうが、数倍安心だ。

「わ、わたし、ちょっと外を掃いてきますね！」

千舟は真砂のせいで乱されたペースを取りもどすために、いったん、外へ出ようとする。一人で頭を冷やしたほうがいい。

「え、外は五郎が掃いていましたけど……」

「いいえ、さっきお店に入ってくるとき、汚れていました！　きっと、風が吹くからですね！」

千舟は無理やり言い切って、そのまま外に飛び出した。

実際のところ、汚れていたかどうかもわからない。すっかり慣れて、あまり店の外を観察しなくなってしまったのだ。

人間、身近なことには、目がいかなくなるものである。

そういえば。

千舟は扉に手をかけ、チラリと思う。

この間、庭の桜が咲きそうな気配があった。あれが咲いたかどうか、確認するのを忘れてしまっていた。

まだ二月半ば。旧暦だと一月半ばだけれど、こんな時期に咲く桜なんて珍しい。狂い咲きするような暖かい気候でもなかったのに。

むしろ、今日は雪が降りそうな天気だ。全国的に冷え込むと、テレビで言っていた。

「…………？」

あれ？

扉を開けると、目の前を、ひらりとなにかが横切った。

軽やかに舞う白い雪のような――。

「花びら？」

目の前を舞った白は、くるくると回りながら落ちていく。

しゃがみ込んで拾うと、それは花びらであった。淡い薄紅をまとった白。遅れて、何枚かひらひらと。

桜の花びらだ。

「本当に咲いとんや……」

こんな時期の桜。

スマホを持って、外に出ればよかった。

頭上を見あげると、店の前に伸びた枝に、数個花がついている。二分から三分咲きだろうか。満開には遠いが、きれいに花が開いていた。

「…………！」

しかし、庭のほうへと一歩踏み出した瞬間、背筋がぞっとした。

とてもきれいなはずなのに。

千舟は、いつも桜をきれいだと思っている。お花見は好きだし、春の陽気に舞う花びらを見ていると、晴れやかな気分になる。

でも、とても怖い気がしたのだ。

さきほどまで、平気だったのに。

冬の風よりも、更に冷たくて悪いものが背筋を這いあがってくる。

ゾゾ、ゾゾ、と。

鳥肌が立った。


——おまえの母親は……朝美は、桜のあやかしに喰われてしまった。


風の音にすら、肩を震わせる。揺れる木の音だ。

そんな些細な音でさえ、恐ろしい。

乾いた風に、乾いた音。

どうして、急に。

自分がどうなっているのか、わからない。

ただただ、いやな感じがする。

近づいてはいけない気がした。

千舟は踵を返す。
カラリンドン
瓢箪のドアチャイムを鳴らして、足早に店へともどってしまった。
走ったわけではない。店の外から中へ入っただけなのに、胸の動悸が止まらなかった。
ドクッドクッと、心臓がありえない速度と大きさで脈打って……息が苦しかった。
小刻みに肩を動かすが、上手くいかない。
「千舟さん？」
千舟の異変に気づいて、真砂が厨房から出てくる。
ドアの内側で座り込んだ千舟を見て、あわてた様子だった。
大きめの手が両肩に載る。
「大きく息をしてください。細く長く息を吐くのを意識して」
激しく上下する千舟の肩をなだめるように、真砂の声が降ってきた。
ゆっくりと、落ち着いた声音。
身体の冷たさを忘れさせるかのように、人肌の熱がじんわりと伝わってきた。
「大丈夫ですよ。全部息を吐ききったら、楽に吸えますから」
千舟はできるだけ、息を長く吐こうと試みる。最初はぎこちなかったけれど、だんだんと上手になるのが自分でもわかった。

息を細く長く、吐き切ると、吸い込むのは実に楽だ。胸郭がよく開き、肺の中に流れるように空気が入る。

「はあ……はあ……」

だいぶ呼吸が楽になった。

真砂は千舟の背中をなでてくれる。一定のリズムが心地よい。千舟はつい身体の力を抜いて、真砂の腕にもたれかかってしまう。

「す、すみません」

けれども、ハッと冷静になる。

千舟はあわてて、真砂の身体から離れようと身を起こしたが、立ちくらみしてしまう。

「落ち着きましょうか」

真砂は千舟の肩に手を置いたまま、カウンターの椅子へと誘導する。

「待っていてくださいね」

言葉が出ない千舟に、真砂は優しく言い聞かせる。千舟は言われるままに、カウンターの椅子にチョコンと座った。

そういえば、五郎はまだもどってこない。店内にお客がいないせいか、いつもより寂しく感じた。

千舟がぼんやりとしている間に、真砂は厨房にもどる。

男性的な手には、みかんが二つ握られている。大きさと形から、伊予柑だとわかった。スーパーなどでも安価で買える品種だ。

真砂は手早く伊予柑を洗い、水気を切る。ヘタの部分を包丁で切り落とすと、フードプロセッサーに伊予柑を二つとも放り込んでしまった。

伊予柑は皮ごと粉砕され、液体になっていく。オレンジ色のジュースに、プツプツと皮の色が見え隠れした。

そのままグラスに注ぐのかと思ったら、真砂はジュースに少量の生姜をすり、いったん、小鍋に入れた。

鍋でジュースを沸騰しない程度に温め、マグカップへ。デザートに使うレモンのマーマレードとフレッシュミントを浮かべた。

「どうぞ。温まりますよ」

ものの数分で真砂が作ったのは、ホット伊予柑ジュースだ。

「……ありがとうございます……」

千舟は口を半開きにする。今、間抜けな顔をしているに違いない。

真砂はニコニコとして、千舟の顔をのぞき込むように、頬杖をつく。

「あの……」

「どうしました？」

「……そんなに見られていると、飲みにくいです」

真砂があまりにも千舟を見るので、ちょっとやりにくい。

気がつかないふりをしていたが、真砂は千舟がなにかを食べるたびに注目していた。他のお客のときも、そうだ。

「ああ、すみません」

真砂は照れたように、頭のうしろをかく。

「千舟さんが食べている顔が、結構好きなもので」

悪気なく、「ふふ」なんて笑い声が聞こえてきそうな言い方だった。

「気が散るなら、僕は仕込みの続きをしますね。体調がよくなるまで、座っていてください。今日は早めに帰っていいですよ」

「はい……」

爽やかすぎる笑みで、真砂はディナーの支度にもどった。

千舟は言い知れない居心地の悪さに、うつむいてしまう。顔を見られないように、両手で覆った。

あの人、自覚ないのかなぁ。

真砂はどこからどう見ても、かっこいい。テレビのドラマに出てくるような俳優やアイドルにあまり興味がない千舟にだってわかる。真砂は、ガチがつくイケメンだ。

ときどきオジサン臭いとはいえ、あまりにも本人に自覚がなさすぎるのではないか。澄んだグレーの瞳は、笑ったらキラキラと星のように光る。

シナモン色の髪は、動くたびにしなやかに跳ね、彫像のように整った顔を自然に飾った。厚みがある唇が動き、白い歯が見えると、ドキリとしてしまう。低い声も穏やかで、聞いているだけで心が落ち着く。

「真砂さん……いろいろ自覚なさすぎです」

文句のような、抗議のような。

あまり大きな声では言えない。千舟は小さくゴニョゴニョと語尾をすぼめながら、目の前に置かれたマグカップをつかんだ。

温かい。

柑橘の香りが鼻腔をくすぐった。

「やっぱり……美味しいです」

伊予柑らしい濃い甘みが口に広がる。

熱することで、糖度があがっていた。伊予柑は剥いて食べるには水分が多いが、こうしてジュースにするとストレスなく飲める。

「甘いですけど……皮の苦みが舌に残るので、甘さが嫌みになっていないです。生姜の風味も絶妙で……身体が温まります。安心できる味です」

自然と、唇に笑みが宿る。

舌に残る皮のツブツブも、細かく千切れた繊維も、ほどよい果肉も、素朴な味わいだ。

本当はもっと細かく砕いたり、裏ごししたりしたほうが繊細な味になる。けれども、今はその気取らない甘さが心にしみた。

それに、真砂がわざわざ千舟のために作ってくれたのだ。

人間でもあやかしでも、お腹が空いていれば平等だという考え方がよくわかる飲み物だった。

求める者に、求める料理を。

それは真砂のポリシーであり、信念だ。

その考えに千舟は今なら賛同できる。

あやかしだから、人間だから。そんな垣根なんてない。

真砂は、真砂なのだ。

「……………」

ホット伊予柑ジュースを飲み終わった余韻に浸るころには、千舟はずいぶんと落ち着いていた。

胸の動悸も、息苦しさもない。

自然に息を吸って、吐いている。

魔法のように、楽になった。嘘みたいだ。

はあ。と、息をつく。

体調もよくなったことだし、仕事にもどろう。そう思って、千舟は椅子から立ちあがろうとする。

けれども、なんとなく。

ただ、なんとなく窓の外に視線が引き寄せられる。

「――――」

小さな窓の外に見えるのは、舞う白。

薄らと紅をまとった――桜だった。

桜。

こんな真冬に咲くはずのない花が、東雲の庭にある。さきほども、花びらが店先まで舞っていた。

――おまえの母親は……朝美は、桜のあやかしに喰われてしまった。

千舟は席から立ちあがり、窓へと、一歩、二歩。フラフラとも、ふわふわとも言える足どりで進んだ。

「悪いことは言わないから、帰れ」

五郎？

姿が見えないのに、五郎の声がした。どこにいるのだろう。千舟は五郎の姿を探した。

刹那。

妖しげだが、雑多なレストラン東雲の風景が、水面のように大きく揺れた気がした。いや、文字通り、揺れた。

クラリとした感覚のあとに視界が大きく歪む。

薄暗い店内に、サアッと光が射して、放り出されるように外の景色へと変わっていった。

「あれ？　え？　なに？」

千舟は今、東雲にいたはずだ。

天狗やおたふくが飾ってある古びた壁も、ぶらさがった赤提灯も見当たらない。飴色の椅子や机もなくなっている。

千舟が立っていたのは、使い込まれたフローリングの床ではない。よく整備された赤煉瓦色の歩道。ゆるやかな坂になっている。

見あげると、建ち並ぶ商店と開けた青空。松山城を載く小高い山が見えた。

ここは、外だ。千舟はロープウェイ街にいるのだと、すぐにわかった。

「う……」

再び、景色が変わる。

これは幻なのだろうか。

景色が歪むたびに、千舟は吐きそうなくらい頭がクラクラとした。

「今度はなに……？」

土の道だった。

城山がそびえ、ゆるやかな坂道が続いているのは同じである。しかし、周りに商店などはなく、木造の建物が連なっていた。

時代劇などで見る下町……いや、もっと立派な武家屋敷？　整然と並んだ木造建築と土蔵から、そう判断した。木々の生える小高い山には、天守閣が見える。

これ、松山城だ。

誰に教えてもらったわけではないが、千舟は直感した。

夢だろうか……？

周りの人間には千舟の姿は見えていないようだ。ただただ、映画の中に迷い込んだみたいに、日常や景色が通り過ぎていく。

目の前を、ひらり。

桜の花びらが落ちた。

どこから飛んできたのだろう、と思案する間もなく、景色が切り替わった。

倒れかけた桜の木。

背が低く、幹も細くて弱々しかった。

雪のように白くて淡い薄紅の桜は、はかない。枝の根元から、最後の命をふりしぼるように、わずかな花をつけている。

ああ、この木は枯れるんだろうな。

千舟は、なんとなく感じた。

「もう逝ってしまうのか」

桜の木から、声が聞こえた。

いや、桜に寄り添うように、誰かが立っているのだ。

一人の年老いた侍が桜の下にいる。彼は哀しげな視線で桜を見あげ、そっと幹に触れた。

「また……その花を咲かせておくれ」

年老いた侍は、そう言ったと思う。千舟にはハッキリ聞き取れなかったが、たぶん、そうだ。確信できるのは、この幻のような夢のせいだと思う。

「あ……！」

ぼんやりと、ながめているだけだったが、千舟は地面を蹴って走った。

年老いた侍が座り込み、自分の刀を抜いたのだ。

居ても立ってもいられない。

止めないと。

それは、駄目！

手を伸ばしたが、その手は侍の顔をすり抜けてしまう。

足元が真っ赤な水たまりになっていく。千舟は後ずさったけれど、靴の動きで水たまりが跳ねることはなかった。

誰も千舟を見ていない。誰も千舟に気がつかない。前のめりに倒れていく侍と視線があったけれど、それも気のせいだ。

「…………」

花びらが、ひらり。

たくさん舞っていた。

さっきまで枯れそうだった桜の花が、咲いていた。

たくさん、たくさん、咲いている。枝にびっしりと花がつき、隙間なく薄紅の雪のような色で埋まっていた。

生命と活力にあふれた姿だ。

きれい。

そう口にしようとするが、千舟は目を伏せる。

ちがう。そうじゃない。きっと、そうではないのだ。

この桜は、きれいなどではない。


これは、たぶん――命を吸いとった輝きだから。


そう悟った途端に、背筋が凍った。動悸で息が苦しくなってくる。空気が重くて、まるで水飴の中にいるようだ。

「なにこれ……これ、なに！」

そうやってもがくように立っていると、いつの間にか足元はヒビの入った灰色のアスファルトに変じている。

土が剥き出しの道も、不吉な色の水たまりもなかった。武家屋敷の様相も消えている。

道路沿いに商店が建ち並ぶ。

けれども、もどってきたのだという実感はない。

商店の一部は馴染みのものだ。ロープウェイ街に昔からある店である。だが、それは千舟が見慣れた風景ではない。

お洒落な喫茶店や、赤煉瓦風に舗装された歩道もない。地中に埋まっているはずの電線は、道に沿って頭上に張られていた。

ここはロープウェイ街だが、千舟の知っている街ではない。観光地として区画整備される前の風景だ。

これも過去の出来事だと思う。

映画のように、ただただ流れる事象を見ているだけ。淡々とフィルムが回っているのを、ながめているに過ぎない。

「ありがとうございました」

女の人の声がした。

聞いたことがない声だ。

でも、なつかしい。

どうして、こんな気持ちになるのだろう。

繊細でか細い。鈴の煌めきのように優しくて淡い。されど、凛として強い。とても固い覚悟を持った声だった。

だから、惹きつけられた。しかし、千舟が惹かれているのは、それだけとも思えなかった。

「あなたのおかげで、あの子を産めた」

女の人が見あげていたのは、桜の木だった。

細くて枝が折れ曲がった桜だ。もう花をつけることはないだろう。幹も腐りかけている。

生気がない。これから枯れていく命だ。

女の人の顔を見ようと、千舟は息を殺しながら近づいた。千舟の姿は他人に見えていないので、その必要はないと思うのだが。

ドクン、ドクン。

緊張して心臓が締めつけられる。

「だから、この命は……あなたに返す」

そこに立った女の人を、千舟は知っていた。

しなやかな黒髪に縁取られた顔。肌は白くて、やや血の気が薄い。あまり健康ではないと感じた。

だが、利発そうな目の輝きや、鼻の形、唇の厚みは——千舟とそっくりであった。

とても、よく似ている。毎日、鏡で見ている自分の顔と近い。

千舟が成長すれば、こんな顔になるだろうと容易に想像できる。

これは、

「お母さんなの？」

これは、千舟の母——祝谷朝美だ。

話しかけても、無駄だ。朝美には千舟の言葉は届いていない。当然のように、朝美は千舟のことをふり返らなかった。

初めて見る母親。

これが、千舟の母。

わたしのお母さん。

祝谷朝美。

朝美は千舟を見ないまま、桜の木に触れる。ほとんど枯れてしまった桜に色はなく、ただただ灰色に沈んで見えた。

「ありがとう」

朝美は、そう言って笑う。

「お母さん、駄目！」

千舟はとっさに手を伸ばした。

伸ばした手は届くが、母をつかむことはできない。手が宙を切る瞬間、とても寒い気がした。

「ありがとう、真砂君」

凜とした声で笑って。

朝美の笑顔は幻影とともに消えていく。

その唇が描いた名前だけが、千舟の耳に残り続けた。

2

ハッと我に返ると、千舟は窓のそばでうずくまっていた。

まだ胸がドキドキしている。

少し息苦しくて、肩が上下していた。けれども、動けないほどではない。不自然なくらい冷静で、千舟は自分のことが恐ろしくなった。

窓の外を見ると、淡い色の桜が咲いている。

こんなに寒い時期なのに、花をつけて揺れていた。

まるで、雪のようである。

あれは、全部夢。

性質《たち》の悪い幻である。

「千舟さん、どうしたんですか？」

真砂は、なにが起こったのか理解していないのだと思う。心配そうに、千舟の顔をのぞいている。

実際のところ、なにが起きたのか、千舟にもわからないのだけど。

「千舟さん」

「真砂さん、聞いてもいいですか？」

真砂が身体に触れる前に、千舟はスクッと立ちあがる。真砂へ視線を向けたまま問う。

「あの桜は、なんですか？」

季節外れの桜。

ただの狂い咲き……いいや、そうではないことを、千舟はすでに察していた。

「………」

真砂は黙って目を伏せてしまう。

「あれは十六日桜っていうんだぞ」

真砂の代わりに答えたのは、五郎だった。

ただし、いつもの男の子の姿ではない。二足歩行する茶色い狸である。

これが彼の正体。あやかしとしての姿だ。

五郎は前足を腕のように組んで、千舟を見あげる。

「あの桜は、毎年、冬に咲くんだぞ。初めて人間の命を吸いとった日にな」

「五郎……！」

淡々と述べる五郎を遮って、真砂が声を荒らげる。彼にしては珍しい。まるで、知られたくないことでもあるかのような態度だ。

否、知られたくないのだ。

なぜなら、彼はずっと千舟に隠してきたのだから。

「あの桜はここが逢魔町になる、ずっと前から植わってんだ。人間とあやかしの間に協定が成り立っていなかった時代から、ずっとな」

捕まえようとする真砂の腕をヒョイとかわして、五郎は続けた。二足歩行をしているが、身のこなしは野生の狸そのものだ。

「さっきの幻を見せたのは、五郎？」

「だったら、なんだって言うんだい？」

五郎はまったく悪びれることなく肯定した。

「幻って――」

真砂だけが焦った表情で二人を交互に見比べる。

「あの桜……人の命を吸って咲くんですね」

窓の外で咲く桜は美しい。

あの桜はまちがいなく……千舟が幻で見せられた桜であると気づいてしまった。人の命を吸って、自分の生命を取りもどす。それを繰り返して、生き長らえている。

そして、千舟の母親――朝美の命も。

桜のあやかしに食べられたという広見の言葉は本当だったのだ。

「真砂さんは……わたしとは初対面だったけど、わたしのお母さんを知っていたんですね」

「…………」

真砂はなにも言えないままだ。

初めて会ったときに、真砂は千舟を見て驚いていた。些細なことで、深く気にしていなかったが、あれは……朝美と似た千舟を見たからではないか。

真砂が千舟に和風オムライスを出したのは「ただの勘」などではない。確信を持って、朝美の娘だと知って提供したのだ。あれは、朝美が好きなメニューだったのかもしれない。

種も仕掛けもなかった。

しかし、千舟は落胆しない。

それ以上に、真砂が黙っていたのがショックだったのだ。

その理由が恐ろしくて、千舟は震えそうだった。二本の足で立っているのが辛くて、座り込んでしまいたくなる。

「真砂さん、なんで黙ってたんですか？」

わかっている質問をぶつけてしまう。

なんで？

その答えは、五郎の見せた幻で理解していた。

「それは」

真砂が口を開いて、言い淀む。

「お母さんを食べた桜のあやかしって、真砂さんだったんですね」

真砂は言い訳もできず、立ち尽くしている。

黙ったままの真砂と、睨みつける千舟。

「わかったら、さっさと行けよ」

五郎が千舟を追い立てるように、ぶっきらぼうに言った。

「ここは、おまえみたいな娘がくる場所じゃあないんだ。たのむから、兄貴の前から消えとくれ」

素っ気なく放たれる言葉を最後まで聞く前に、千舟は背を向けた。

近くのテーブルには、千舟のために用意された店の制服が置いてある。

真砂が新しく買ってくれたものだ。大きくて丈のあわない真砂の割烹着とはちがう。とても可愛い和装だった。

「………」

千舟は箱に入った制服を、思いきり店の隅の椅子に投げつけた。

バッと布と箱がぶつかる音がする。

同時に、なにか大事なものを手放した気分になった。

寂しいなんて、気のせいだ。

「失礼しました！」

そう叫んで、瓢箪のドアチャイムのついた扉を開けた。

外の冷たい乾いた風が舞い込み、身体が寒さで包まれる。店内が、一気に冷え込むのが肌で感じられた。

カラリンドン
瓢箪の音と、扉を乱暴に閉める音が重なる。

お店をふり返って、足を止めた。

不思議なたたずまいの店。

和風とも洋風とも言えないオブジェの数々は混とんとしており、脈絡がない。整とん好きの人間が見れば、雑多で頭が痛くなるだろう。

でも、嫌いじゃなかった。

千舟は——ここが嫌いではなかった。

桜の花びらが、目の前に落ちる。

きっと、庭の十六日桜だ。

しかし、落ちてくるのは花びらばかりではない。

シャーベットのように、水気を多く含んだ雪が、空から降っていた。

さっきは、あんなに晴れていたのに。いつの間にか、青い空はどんよりと暗い雲に覆われていた。

白い雨みたい。

涙のような雪が、桜の花びらを塗りつぶすように、ポトポトと足元に落ちては、アスファルトに溶けて染みこんでいく。これが幾重にも重なれば道路が凍って、やがて、積もるだろう。

松山では珍しい雪だ。

桜と雪の白から目を逸らしながら、千舟はトボトボと歩き出した。

自分の帰っていく場所を探して。

3

「五郎、どうしてこんなこと……」

千舟がいなくなったレストラン東雲で、真砂が静かに問う。

問いに対して、五郎は悪びれる気もなかった。

開き直って、いつもの人間の姿に変化する。人に化けるのが逢魔町の掟だ。いつまでも、狸の姿ではいられない。

「どうしてって、わからないのかい？　オイラは兄貴のためにやったんだぜ？」

五郎は肩をすくめて息をつく。

「あの娘は兄貴にとって害だ。だから、出ていってもらった。あの娘にとっても、そのほうがいいに決まってるだろう？　兄貴、ちがうかい？」

それは同意を求める問いかけだった。

五郎は自分のしたことは最善だ。それが正しいと、本気で思っていた。

「そんなこと」

そんなことはない。誰もたのんでいない。五郎がしたことは、まちがっている。

「………」

そう言おうとしたのか、真砂は口を開くが、続く言葉はなかった。

五郎がしたことは、まちがっているのだろうか。

その問いに、真砂自身が答えられないからだ。

五郎もよくわかっていた。なにも言い返されないとわかっていながら、聞いてみたのだから。

同時に、真砂には自覚があるはずだ。自分のしていたことが、どんなに不誠実なことだったか。

「五郎、ごめん……」

五郎だって、こんなことは言いたくない。

真砂に、このような表情などさせたくなかった。

真砂は、千舟を見たときに、祝谷朝美の娘だとすぐに気づいたのだ。だから、彼は朝美が好きだったオムライスを提供した。千舟が知りたがった客のニーズを読み解くトリックも、あやかしの力もなかった。

そして、千舟は真砂の料理を好んだ。

彼女の母親と同じように。

それが五郎には面白くなかった。

また同じことが起こるかもしれない。

真砂がいなくなるかもしれない。

そう思うと、どうしても、真砂をこのままにはしておけなかった。

「兄貴よぉ」

五郎は、沈黙する真砂の手に触れる。

「オイラ、兄貴には感謝してんだ」

真砂の指をキュッと握って、心持ち小さな声で呟く。

「逢魔町で行くあてがなくて、幽世へ帰るしかなくなったオイラを拾ってくれたのは兄貴だ。オイラには、居場所なんてここしかないんだ……もう、いなくなってほしくなんて、ないんだ……」

五郎は初めて東雲へ来た日を思い出す。

逢魔町において、五郎はちょっとしたお尋ね者だった。

悪戯《いたずら》が好きな化け狸で、いつも誰かを困らせる。

驚かせる相手は、あやかしだけと決めていた。人間に危害を加えてはいけないという逢魔町の掟には抵触しない、些細な悪戯だ。

だが、五郎を好まないあやかしはたくさんいた。そのうちに、五郎はあやかしたちの輪から外れていった。

逢魔町は特殊な環境だ。人間と共存するために、あやかしは独特の狭いコミュニティを形成している。そんな環境で爪弾きにされることは、つまり、孤独を意味した。

「オイラ……オイラ……」

五郎があやかしたちに悪戯を繰り返していたのには、理由がある。

彼もかつては仲間と一緒に現世に渡ってきていた。伊予狸の総大将、八百八匹の狸を引き連れた隠神刑部《いぬがみぎょうぶ》。五郎はその配下の一匹であった。

だが、その一族も衰退して久しい。隠神刑部が久万山《くまやま》に封印されて以来、彼の眷属たちもほとんどは幽世へと帰った。

ずっと行動をともにしていた化け狸の仲間たちがみんな帰り、気がつけば、五郎は独りになっていた。

それでも、自分はここにいる。

狸の一族は、まだ逢魔町に残っているぞ！

五郎はたった独りで、主張を続けていた。それが悪戯という形で表れてしまったのは、他の表現方法がわからなかったからだ。

初めて、真砂の前に現れた五郎は、お腹が空いていた。ひとりぼっちで、寂しくて、どこへも行くあてがなくて。とてもとても、お腹が空いていた。

そして、やっぱり悪戯をしようとしていた。

鍋に化けて、できあがった料理を全部食べてやろう。きっと、こいつも驚くだろう。そう考えて、五郎は東雲の厨房に忍び込んだのだ。

けれども、五郎に気づいていながら、真砂はそこに料理を入れた。

調理前の食材ではない。ちゃんと、お客に提供できる料理だった。

——おまえ、なんでオイラを追い出さないんだよ！

真砂がくれた料理を食べたあとで、五郎は逆に怒っていた。

食べてやるつもりで鍋に化けていたのに、ずいぶんな言いようだと自分でも思った。

五郎にとっては、真砂の行為は意外だったのだ。

だが、真砂にとっては当たり前のことだった。

——君がお腹を空かせていたからだよ。

真砂が料理を作る理由は、いつも単純だった。

それから、五郎は東雲に居着くようになった。

雇われた覚えはない。しかし、真砂は五郎の好きなようにさせてくれた。そして、お腹が空いたら二人で一緒にご飯を食べた。

そんな些細で、他愛もない。けれども、楽しい。

それがレストラン東雲の日常だった。

五郎、いや、東雲にとって、千舟は異物だ。ゆっくりと流れる心地よい日常を阻害するノイズだった。

かつての祝谷朝美がそうであったように。

だから、わかる。

「兄貴……オイラは兄貴がいなくなっちまうのは、もういやなんだよ」

消え入りそうな声で、五郎は真砂を見あげる。

真砂は五郎に目をあわせてくれなかった。けれども、彼が怒っているわけではないのは、五郎にも伝わる。

これが一番いい方法だ。

しかし、同時に真砂を傷つけているのも、わかっていた。あの娘に幻影を見せると決めたときに、覚悟したことだ。

それに、いずれわかることだった。隠し通せない。いつか気づかれるなら……辛い役割は、五郎がすればいい。

真砂に自分で言わせる必要もないのだ。

これが最善だ。

「ごめん、五郎」

どうして、真砂は謝るのだろう。

傷つけたのは、五郎なのに。

「オイラは……兄貴がいてくれたら、それでいいんだ」

東雲がなくなってしまうのは、いやだ。

きっと、五郎だけではない。

ここがなくなってしまうと、困るあやかしはたくさんいるはずだ。五郎は、そんなあやかしたちを知っている。

みんな、真砂に惹かれて来るのだ。美味しい料理を作る彼が、大好きなのだ。

真砂がいないと、寂しい。

五郎だけのわがままではない。

だから、行動した。

真砂が望んでいなくても……邪魔者がいなくなって、せいせいする。

そのはずなのに。

なぜ、こんなに胸が痛いのだろう。

五郎と真砂、二人きりの東雲は、とても寒くて……居心地が悪かった。

いつもと同じはずなのに。
全然ちがう。
なにが、こんなにちがうのだろう。

第五幕　びっくりハンバーガー

1

ランチタイムの下ごしらえは、朝が早い。
真砂は東雲の厨房に入り、この日も変わりなく準備をしていた。
タンタンタンとまな板を叩くリズム。
ぐつぐつと、鍋で煮える音と湯気。
食器が重なりあう音色。
コクの深いデミグラスソースの香り。
いつも通りに、レストラン東雲はオープンしようとしていた。

本日のランチセットは、ハンバーグだ。目玉焼きを載せたプレーンと、チーズインを用意している。

真砂を手伝って、五郎もポテトサラダの下準備をしていた。ボウルの中で、マッシュ器を使い、一生懸命、ジャガイモを潰す。

真砂も茹でたカボチャのサラダにとりかかった。

一口大に切ったやわらかいカボチャに、レーズンと青じそドレッシングを混ぜる。レーズンは東雲で漬けた自家製だ。大人の甘さとドレッシングの酸味が、カボチャの濃い味と口の中で調和する。

他にも、東雲ではジャムやピクルス、塩レモン、塩みかんなど手製の品が多い。

今日も東雲を訪れるお客さんたちの、お腹を空かせた顔を思い浮かべながら。

真砂はていねいに、ていねいに調理する。

真砂の料理を美味しいと言ってくれるお客さんのために——。


——真砂さんの料理、わたし好きです。


何気なく、店内を見る。

しかし、そう言ってくれた女の子の姿は、どこにも見えなかった。

「兄貴、終わったよ……おい、兄貴」

いつの間にか、ジャガイモのマッシュを終えた五郎が、次の指示を待っていた。気がつかずに、真砂は「あ、ああ……」と、なんとも気の抜けた返答をしてしまう。

「兄貴、ぼーっとしてるよ」

「そうかな？　ごめんね、五郎」

五郎からマッシュポテトを受け取りながら、ヘニャリと笑う。少し疲れているのか、声が出にくい気がした。

「兄貴が気にすることはねぇよ」

ボウルを手渡したあとで、五郎は視線を逸らした。

ズシッと両手に、芋の重みが乗る。

「ほっほっほっ……今日は妙に静かじゃのう」

能天気に店の端から笑い声が聞こえた。

老人は長く伸びたヒゲをなでながら、普段と変わらず「カレーライス。福神漬け大盛りで」と注文する。

開店には少し早いが、彼はいつもこの時間に訪れる。

「静かなんかじゃあねぇよ」

静かと評した老人に反発して、五郎が吐き捨てた。

真砂はなにも言い返さず、カレーライスを皿に盛る。この時間に来ることはわかっていたので、すぐに用意できた。

注文通り、福神漬けは多めだ。比率としては、カレールー五割、ライス三割、福神漬け二割である。ライスの上を覆うように福神漬けをトッピングするため、見た目はルー五割、福神漬け五割のように見えてしまう。

「嗚呼、いつもの娘さんがおらんのう」

「あん？　だれのことだよ！」

千舟のことだ。しかし、五郎がその存在を否定する。声は怒っていたが、震えているような気もした。

「五郎、竹村さんに失礼だよ」

「でもよぉ、兄貴」

五郎は、まだ食い下がろうとするが、すぐにあきらめたのか、それとも、真砂と同じように「いつもより静かだ」と認めてしまったのか、語尾をすぼめていった。

「ほっほっ。これじゃ、これ。これを食わんことにはのう」

老人――竹村さんは、出されたカレーライスを満足そうに食べはじめる。福神漬けをボリボリと噛む音が軽快だ。

「竹村の爺さんよぉ。そんなに漬物ばっか食ってると、高血圧ってのになるって噂だぜ？　これ、案外、塩分が多いって話だ」

「わしらは今更、かまんわい」

竹村さんは大きめのお腹をポンポンと叩きながら、「ほっほっ」と笑う。五郎もさきほどまでになかった笑顔を取りもどす。

「そんなに寂しいのであれば、迎えにいけばよかろうて」

カレーを食べながら、竹村さんは唐突に真砂のほうへ言葉を投げた。

あまりに突然だったため、真砂はポカンと口を開けて対応が遅れてしまう。

「おい、爺さんよぉ」

「お主《ぬし》も、そう感じておるのではないのかねぇ？」

食ってかかる五郎を、竹村さんはものともしていない。それどころか、逆に五郎のほうが押し黙る。

「………」

真砂は黙っていた。

竹村さんに言い返しもせず、ランチの準備を進める。これから、ハンバーグを丸めなければならない。

「僕に資格なんて、ないですよ」

真砂はそれだけ絞り出す。

自分は千舟を騙したのだ。

朝美の娘だと知っていながら、黙っていた。本当はすぐに明かして、説明するべきだったのだ。

それができないのならば、せめて、追い返すべきだった。

なのに、真砂は千舟にずっと言えなかったのだ。そのまま、東雲への出入りを許していた。

店のバックヤードには、千舟のために注文した制服が吊ってある。

あんなものを用意して……。

ずっと、隠せるはずなどなかったのに。彼女がどれほど傷つくか、わかっていながら――いや、真砂は、理解していなかったのだ。

自分のついている嘘の重みに気づいていなかった。

こんな不誠実はないはずだ。

真砂に、千舟を迎えにいく資格などない。

「最近、未成年の家出が問題になっておるのう」

どういう関係があるのか、まったく関係ないのか、竹村さんは別方向へ話題を変えた。

「居心地が悪いんじゃよ。今の世の中は……あやかしにとっても、人間にとってものう」

おまえなら、覚えがあるだろう。と、竹村さんは五郎にも視線を送る。五郎は「お、おう……まあ」と歯切れが悪い。

逢魔町のことで、この老人にわからないことはない。

「昨日も一人、おるようじゃなぁ……家に帰らなかった迷い子が」

なんとも含みのある言い方だった。発言の意図が行方不明だ。こんなものは、無責任に放流された根無し草である。

だが、真砂はそれが誰のことを示しているのか、気づいてしまった。

「案外、腹を空かせた猫のように鳴いておるかもな」

ほっほっ、と。いつものように笑いながら、竹村さんはカレーのスプーンを置いた。盛られたルーも、ライスも、多めの福神漬けも完食している。満足そうな顔で、会計を終えた。

「今日のところは、帰るとするさな……またにぎやかになったら、もどってくるとしようかのう」

竹村さんは、そう笑った。

2

わたし、どこ行くつもりなんやろう？

駅のホームをながめながら、千舟はぼんやりと自分に問う。その答えを出すことも、考えることもしないまま。

レストラン東雲を出たあと、千舟に行くあてなどなかった。

不思議と、家に帰ろうとは思わない。もちろん、東雲へもどるという選択肢も浮かばなかった。

結局、フラフラと自分の学校に行き着いて、部活動をしている生徒の声を聞きながら夜まで教室で過ごした。放課後の教室には、案外、誰も来なかった。生徒なので職員室に鍵を借りにいっても、特に怪しまれない。

夜になったら、体育館の倉庫に忍び込んで、体育マットの上で寝た。雪の降る日だったけれど、集会用のストーブもあり、意外と乗り切れる。

最近は、不審者だの防犯だのうるさいが、誰にも見つからなかった。

強いて言えば、バレーボール部員が珍しそうに話しかけてきたくらいか。帰宅部の千舟が放課後の学校をウロウロしているなんて、そうとうレアだ。自覚している。

それでも、「ちょっと新しい料理のアイデアを探して……」とのらりくらりと、ありえない返答をすれば、「そっか！　祝谷さんらしいね！」と納得してくれた。

その理由で納得するのも、どうかと思う。千舟のことを、なんだと思っているのだろう？

そんなこんなで、フラフラと一夜を過ごしてみたが、思いのほか、自分はどこでも生きていけるような気がする。

市議の娘というお嬢様な肩書きがついているとは思えない。むしろ、返上してサバイバルでもするべきだろうか。

などと、考えているのは馬鹿馬鹿しい。

「はあ……今のわたし、生産性ゼロやん……」

松山市駅のホームに、派手なオレンジ色の電車が流れ込んでくる。松山の郊外行きの路線だ。

どこへ行くつもりもない。

ただ、なんとなく、電車に乗ってみたかった。

普段は砥部の運転で車が多い。電車など、遠足やフィールドワーク、あとは修学旅行などの学校行事で乗ったことがある程度だった。その他は、あまり思い出せない。友達らしい友達もいない。

なんと言っても、千舟はこだわりの強い「変わり者」らしい。

千舟は「なぜ」を突きつめずにはいられない。好奇心旺盛で、こうと決めたら一直線だ。

周りから変人扱いされたって、ずっと、「なぜ」を追いかけてきた。

なのに、今度は「なぜ」から逃げている。

都合のいい人間だ。

そう息をつきながら、千舟は電車の座席に腰を下ろした。

自分が本当に知りたいことから、逃げている。千舟は「なぜ?」と疑問に思いながら、知りたくないことには蓋をしようとしていた。

だって、これは千舟の世界を変えてしまうことだから。

今見えているものの鮮やかさが、すべて失われるような……母親があやかしに食べられたと知ったときのように。

そんな真実だったらどうしよう。

そう思うと、一歩を踏み出すことなど、できなかったのだ。

なんで、桜は枯れとったんやろう?

なんで、お母さんは食べられたん？

なんで、真砂さんとお母さんは知りあったん？

なんで、お母さんは「ありがとう」って言ったん？

二人はどんな関係？

お母さんも真砂さんの料理を食べたん？

なんで？

なんでなん？

ねえ、なんで？

こんなに、疑問が降ってくる。

こんなにも、「なぜ」であふれている。

こんなにこんなに、知りたい。

……でも、知るのは怖い。

「はあ……はあ……」

だんだんと、息が苦しくなってくる。

空気が水飴みたい。血液がドロドロの砂糖菓子になったかのように、心臓がバクバクと重い音を立てている。

動悸が止まらない。息ができない。苦しい。苦しい。苦しい。

いやだ、助けてよ。

千舟はたまらず、適当な駅で電車の外に飛び出した。

ホームに立つと、冷たい風が千舟を包み込んだ。真冬の寒さが頬を刺すようだった。

耳に入るのは、波の音。

海だ。

潮の香りを嗅ぐと、なぜかお腹が空いていることを思い出した。今まで、どうして気がつかなかったのだろう。ずっと、なにも食べていなかったはずなのに、食事をしようという気分にもならなかった。

白いフェンスの向こうに、砂浜が見えた。

青く美しい、とまでは言わないが、波を立てる海がある。

反対側をふり返ると、広い空き地があった。なにかの跡地のようで、なんだか寂しい。

「梅津寺駅《ばいしんじ》……」

駅名を見て、なんとなくの地理を察する。

昔は、ここに「梅津寺パーク」という遊園地があった。千舟は行ったことがないけれど、小さいながらジェットコースターやツインドラゴンなどがあったようだ。

今は、更地になっており、当時の面影などない。

スマホで調べると、高浜線《たかはま》の駅だった。自分が何線の電車に乗ったのか、今、ようやく気づく。

そういえば、終点の高浜駅は、ガリレオシリーズの映画『真夏の方程式』のロケ地だったことを思い出す。今でも、ときどき地上波で放送されている。

どうせなら、高浜駅まで乗って、福山雅治《ふくやままさはる》と同じ空気を吸っておきたかったなぁ。次の電車で、高浜駅に行くことにしよう。せっかくだから、そうしよう。

幸いにして、念のためにと持たされているＩＣカードの残額はたくさんある。

正式名称は「ＩＣい～カード」。

このカード、伊予鉄グループでしか使えない。しかしながら、電車や路線バス、汽船、コンビニ、自販機など提携先が多いため、これ一枚あれば移動に不自由はしなかった。

そんなことを思いながら、改札を通らずに、駅のダイヤを確認する。十五分間隔だった。

田舎の駅にしては頻度が高いと評価すべきなのか、十五分も待たなければいけないと落胆すべきなのか。

あまり電車に乗らない千舟にとっては、よくわからなかった。けれども、そんなに気になる待ち時間ではない。

ベンチに腰を下ろしていると、波の音が心地よい。海からの風は痛くて冷たいけれど、息苦しくならないからいい。とにかく、適度に静かで、なにも考えなくて済んだ。

なにも考えないことが、一番怖いのに。

なにも知らないことを、一番怖がっていたはずなのに。

結局のところ、千舟は小心者だ。臆病なだけなのだと知ってしまう。

やがて、静かさを塗りつぶすように、カンカンカンと踏切が鳴る。

もう十五分経ってしまったようだ。

千舟は電車に乗ろうと、ベンチから立ちあがる。

そういえば、あまり気にしていなかったが、古びたフェンスには、なぜかハンカチが数枚巻きつけられている。どれも雨風にさらされて、少し惨めだ。

なにかの儀式？　おまじない？

てるてる坊主みたいだなぁ……と、千舟は心の端で思う。

電車が到着した。

扉が開くと、一人だけ駅に降りてくる。

「あ……」

「え……」

降りる側からも、千舟の顔は見えていたらしい。

千舟はそのまま、他人のふりをして黙って電車に乗り込む。だが、そう簡単に上手くいくものではない。

「千舟さん！」

電車から降りた乗客——真砂は、千舟の肩をつかんで自分のほうへと引き寄せる。

「なにするんです！」

せっかく電車に乗ろうとしたのに、また梅津寺駅に降ろされる。千舟は全力で抗議しながら、真砂を引き剥がそうとした。

気がついたら、ほとんど身体が密着していた。というより、千舟の身体はスッポリと真砂に抱きしめられる形となってしまっている。

あまり人がいないとはいえ、駅でこれは恥ずかしすぎるのでは？　たった一人しかいない駅員さんがニコニコと、こちらを見ている。

気まずい。

「なんとなく、ここにいると思って……！」

一方の真砂は、自覚しているのか、いないのか。興奮した表情で千舟を抱きしめていた。ちょっと嬉しそう。犬っぽい。

たぶん、天然だ。「なんとなく」という発言からも、当てずっぽうで来てみたら、たまたま千舟がいた程度のものだと思う。

「そもそも、どうしてここに……お店は、どうしたんですか？　あと、なんでここだと思ったんですか！」

つい、いつものくせで聞き返してしまう。そのあとに、しまった！　と、後悔した。逃げる以外の最適解はないのに。

「ここ、『東京ラブストーリー』のロケ地なんですよ。朝美さんが好きだったので、きっと千舟さんも好きだと思って！」

「は？」

真砂は千舟の腕を放さないままだった。

千舟は謎のハンカチが巻きつけられたフェンスをふり返る。シンプルな看板がかかっていた。

たしかに、昔のドラマのロケ地のようだ。

詳しくはわからないが、解説に名前がある俳優の織田裕二《おだゆうじ》くらいは千舟も知っている。

「事件は現場で起こっているの人ですか？　ギリギリ知ってますけど……やっぱり、ちょっと古くないですか？」

「ちがいます、バイバイカンチです」

「そんな昭和のドラマネタは、わかりませんから！」

「昭和じゃありません！　『東京ラブストーリー』は、平成のドラマです！　オッサンネタじゃないです！」

「だから、もう令和だって言ってますよね⁉　……っと、これ全然関係ない方向に脱線してます。軌道修正しましょう。お店、どうしたんですか？」

時刻はまだ十二時半を回ったところ。

飲食店である東雲は営業中のはずだ。定休日もない。

千舟が問うと、真砂はシナモン色の髪を軽くかいた。

いつもの和装ではない。紺色のダッフルコートに、ベージュの綿パン。普通の洋服を着ている真砂は、本当に外国人のようだった。いつもと印象がちがっていて、千舟はつい見惚れそうになってしまう。

「お休みにしてきちゃったんです」

「え？」

アッサリと言われてしまい、千舟は面食らう。

「千舟さんを探しに来ました。意外と早く見つかりましたので、ディナータイムには間にあうかもしれません……一緒に帰りましょう」

「…………」

帰りたくなんて、ない。

家には、いずれもどるつもりだったが、それも今は気が乗らなかった。ましてや、真砂のいる東雲になど……。

「いやです……帰れません」

断る千舟の腕を、真砂はようやく解放してくれる。

「千舟さん、すみません」

真砂は、そのまま千舟の正面に回り込む。別の意味で逃げ場をなくして、千舟はそこから動けない。

グレーの瞳が、まっすぐに、千舟だけを見ていた。

「話をしましょう。とにかく、千舟さんと話したい。今まで、話さなくてすみませんでした」

「…………」

「千舟さんは、なにも言わなくてもいいです。ただ、僕の話を聞いてほしい」

迫るような視線。

逃げたくても、逃げられなかった。

第一、こんなところでは、逃げ場もない。電車はもう行ってしまったし、海ばかりでめぼしい避難所も見当たらなかった。

どうしよう。

「僕とは、話したくないですか……?」

どうしたいかは、決まっている。

逃げたい。

ちがう。

千舟は、それが答えではないと知っている。

どうしたいかなど、とっくに千舟の中では決まっていた。

「う……」

ぐうぅっと鳴ったのは、自分のお腹だった。

結構な音を立てていたので、真砂にも聞こえているはずだ。その証拠に、真砂は両目を見開いて、千舟を見おろしている。

遅れて、真砂は形のよい唇で噴き出した。

「千舟さんのお腹が空いてるといけないと思って用意しました。食べてください」

真砂が差し出してくれたのは、小さなランチボックスだった。千舟がお腹を空かせているかもしれないと思って、わざわざ持ってきたのだ。

千舟だって無一文ではないし、お腹が空いているとは限らないのに、この人は……。

しかしながら、真砂がそういう性格だということは、千舟も理解してしまっていた。

「……しょうがないですね」

ランチボックスを受け取ると、自然と千舟の表情がほころぶ。なんだか、とても心が温かい。

雨の中、傘を差して迎えにきてもらえたような――そんな温かさだ。

「いただきますよ。どこかで、一緒に食べましょう」

真砂さんも同じような気持ちだといいな。

そう期待して見あげると、真砂もちょっと嬉しそうに笑っていた。

3

ランチボックスの中は、サンドイッチだった。

レタスやハムとともに見え隠れするツナマヨもいいが……千舟の目を惹いたのは、オムレツのサンドイッチだ。

「いただきます」

すぐに食べたい気持ちをいったんおさめて。

海辺の防波堤で真砂の隣に座り、千舟は両手をあわせた。食べる前の精神統一。絶対に美味しく食べられるように、頭を空っぽにする。

きっちりと十秒数えてから目を開け、千舟はオムレツのサンドイッチを持ちあげた。

「ずっしり重いですね……焼いたオムレツが挟んであるんですよね？」

「はい。千舟さん、卵料理好きでしょう？」

「まあ……たしかに」

焦げ目のない黄色の卵を落とさないように、千舟は大きめに口を開ける。

しっとり、ふんわりとした食パンに挟まれる卵は、まさにふわふわ。お弁当用なので半熟ではなく、中まで火が通っている。それなのに、こんなにふわふわ。むしろ、シュワシュワという感覚だった。

「メレンゲをオムレツに混ぜてありますね。食感がとても軽くて、ふんわりしています。でも、出汁《だし》の優しい味……出汁に使ったのは、鯛ですか？」

「そうです、鯛出汁です。あと、そちらのカツサンドも、実は鯛なんです」

千舟は真砂にうながされて、鯛カツサンドも口に入れる。

ザクッとした食感の衣が割れると、白身魚が現れる。パサパサせず、優しくてほっくりしている。しっかりと脂がのった鯛を使用していた。

「養殖ですね……タルタルソースも、ゆで卵が大きめで、美味しいです」

「養殖、美味しいでしょう？」

魚は天然物が美味しいイメージが強いけれども、実は養殖のほうが脂がのっている。餌も潤沢で、質のいいものを与えられるため、「愛鯛」などのブランド魚も存在していた。

最近は鯛やサーモンにみかんを餌として食べさせた「みかん鯛」や「みかんサーモン」といったブランドも売り出されている。魚の臭みの代わりに、柑橘の爽やかな後味を感じることができるのだ。

「美味しいです」

真砂の料理は、なんでも。

母親の味を知らない千舟が、なつかしいと感じる味だった。

「真砂さん……」

あっという間に空っぽになったランチボックス。

見おろしながら、千舟はポツンと呟いた。

「教えてください……知りたいです」

真砂の顔を見られないままだった。

それでも、千舟は「知りたい」を選んだ。

家にも帰らず、考えた結果……千舟は、結局、いつもの千舟であった。

やっぱり、「なぜ」を追求せずにはいられない。

とても怖いのに。

傷つくとわかっているのに。

それでも、知らないよりは、ずっとずっといい。千舟の選択はまちがっていないと思うのだ。

恐る恐る、真砂の表情を確認した。

「はい」

真砂は色素が薄い目を細めて笑う。冷たく刺すような強い海風が吹き、シナモン色の髪をなびかせる。

千舟は風の強さに目を閉じてしまいそうになるが、必死で真砂の顔を見続けた。

「朝美さんは、東雲の常連だったんです」

風が凪ぎ、優しい音色のような声が落ちてきた。真砂の低い声はのんびりしていて、落ち着く。まるで、子守歌のような心地よさだ。

「お母さんも東雲に来ていたんですね」

「祝谷さんは、昔から祝谷神社の神主ですから。最近は、議員として逢魔町の運営を管理しています。このことは、知っていますよね?」

「はい。今、お父さんがしている仕事が、そうだと思います……」

広見はあやかしを忌み嫌っているが。

できれば、あやかしを排斥したいと考えているかもしれない。だから、黄緑色の鬼灯の規制も行おうとしているのだ。

広見は婿養子として祝谷家に迎えられていた。そういう事情もあってか、妻である朝美をあやかしに奪われて、憎んでいるのだと思う。その憎しみを千舟は無意識に引き継いでしまった。

だから、千舟も最初はあやかしが嫌いだった。

しかし、朝美にはそのような偏見など一切なかったのだと思う。

「あやかしが好きな人でした。よくお客さんとも話し込んでいましたよ。東雲のメニューを真似て料理を作ったり、アドバイスをしてもらったり」

「え？」

千舟が目をパチクリさせると、真砂はニコリと返す。

「僕が今作ってる料理、朝美さんのアイデアが入っているんです」

千舟は真砂の料理を「なつかしい」と感じていた。

家庭的で、落ち着く、母親のような味……あれは、真砂の料理だが、朝美の料理でもあったのだ。

そのことを教えてもらえて、千舟は心の奥に、ほっと灯るものを感じた。

今まで、自分が求めていた味の謎が解ける。知りたかったものに出会い、それが正解であると知った。

心がスッと軽くなり、救われるような気がする。

「お母さんはどんな人だったんですか？」

「それはもう……千舟さんに負けず、すごい人でしたよ」

「待ってください。まるで、わたしが変みたいな言い方ですよね？」

「……………自覚がなかったんですか？」

「自覚があるけれど、考えないようにしていたんです！」

「ま、まあ……そんなに変でも、ないですよ。すごいとは思いますけど。はい、すごい人です」

フォローになっていない。

しかし、これ以上、言い返すと脱線しそうなので、ここは黙って耐える。

真砂だって、昭和のオジサン臭いところがある。他人のことは言えない。

「明るくて、底なしに前向きな人でした。自分の家が行っている仕事をよく知っておきたいから、逢魔町への出入りをはじめたと聞きました。祝谷神社の娘さんでしたから、逢魔町に出入りできる縁《えにし》もありましたし」

「やっぱり、わたしが逢魔町に入れるのは、お母さんと同じように祝谷の家に生まれたからなんですね」

「千舟さんの場合は、そうじゃないですよ。朝美さんは神社を継ぐために、巫女をしていたので。でも、千舟さんはちがうでしょう？　さすがに、親族という理由だけでは、縁は結ばれません」

「え？　じゃあ、どうして……？」

「それは、今からお話ししますね」

真砂は波間に視線をあずけ、じっくりと思い出すように口を開く。

祝谷朝美は学生のころから東雲に顔を出しては、なにをするでもなく店内で過ごしていた。

最初は、定食を食べたあとに読書。そのうち、長時間、席に座ったまま宿題をはじめた。

当初、真砂は朝美のことを大人しい人だと思っていた。だが、それはまちがいであったと、後に気づく。

やがて、朝美は常連客に話しかけるようになった。彼女はすぐにお客と打ち解けて、仲良くなる。

思えば、朝美は強《したた》かな人だった。

最初に読書や宿題をして過ごしていたのも、東雲に来るお客を観察するためだ。事実、彼女が話しかけたあやかしは、人間に好意的な者たちだった。そのあたりを見極めようとしていたのだ。

みんなが気になりそうな話題や、興味を持つ事柄を提示しながら、あっという間に、輪の中心に入ってしまう。

とてもすごい人だと、真砂は思っていた。

真砂の朝美に対する評価は、そんなところだ。

朝美に興味を持つなというのが難しい。真砂も彼らの会話に交ざって、朝美という人間に近づいていった。

そして、朝美はそれを待っていたかのように、

——真砂さん。私、アルバイトしたいんですよ。雇ってくださいな。


ここは逢魔町だ。

あやかしが暮らし、あやかしの店があり、そこに人間が来ることもときどきある。

だが、あやかしの店で人間を雇った前例はなかった。

真砂は難色を示すが、遅い。

常連客はみんな、朝美が好きだったし、もう東雲の一員として溶け込んでいる状態だった。

「絶対に断れない状況を作って目的を遂行する、とても頭のいい人でしたよ」

「う……わたし、いきなり、働かせてくださいなんて言ってすみません……」

朝美の話を真砂から聞いて、千舟は自分の猪突猛進さを自覚した。同時に、母親がとても強い人間だと知る。そして、ずる賢い。

「思いきりのよさは、千舟さんのいいところですよ。朝美さんにはない強さです。どちらも、強すぎるという意味では、変わりません」

「わたし、そんなに押しが強かったんですね」

「とても」

「あ、はい」

真砂さんは、わたしのことをなんだと思っているのだろう。と、千舟は少しもやもやしてしまう。別に、どう思われていても構わないけれど、なんだか釈然としなかった。

「朝美さんは、強い人でした……」

真砂の顔は明るく、楽しそうであった。真砂にとって、朝美との思い出が大切で、かけがえのないものであったことがうかがえる。

けれども、言葉を重ねるごとに、真砂はドンドンと表情を変えていった。

「でも」

とても悲痛で、砕けそうな眼をしていた。そこに浮かんだ光は、星のような煌めきではない。落ちることのない悲しみがとどまっている。

そこから、こぼれそうなものを、思わず千舟は受け止めてあげたくなった。

「人が弱いものだと、気づいていませんでした」

朝美は学生時代から東雲へ通った。アルバイトをしてあやかしたちとふれあいながら、楽しく過ごしていたように見えた。

大学へと進学し、卒業したころ、突然、「私、明日結婚するんですよ。ウェディングドレス姿の写真、差し上げますね」と言ったのには、さすがに驚いたが、真砂の目から見て、おおむね、何事もない人生だった。

だから、ある日、朝美がオムライスを食べながら泣きはじめたときは、わけがわからなかった。

そのころには、朝美は結婚してアルバイトもやめていた。

その日、朝美が訪れたのは、実に三ヶ月ぶりだったと思う。

――真砂さん……私、妊娠したんですよ。

オムライスを食べながら、朝美は泣いていた。

人間にとって、妊娠は慶事《けいじ》だ。

すぐに「おめでとうございます」と言いたかったのに、悲しそうに泣いている朝美を前にすると、言葉が出なかった。


――乳がん……見つかった。


オムライスを食べ終わったあとに、朝美は聞こえるか聞こえないかわからない声で告げた。そして、崩れるように声をあげた。あんなに強かで計算高かった女性が、子供のように、わんわんと泣き叫んでいる。

夫の広見には言っていないらしい。医師には、堕胎して腫瘍の治療を一刻も早くするよう勧められていた。乳がんは身体の他の部位に転移しやすい。子供を産んでから治療したのでは、間にあわない、と。

真砂には、医療の知識はないので病気のことなど理解できない。なにが最善かなど、わからなかった。

だからこそ、朝美も真砂に話したのだと思う。彼女にとって、真砂は親しい間柄ではあるが、他人だ。

身内に弱い部分を見せられない人だったのだと思う。

彼女はずっと、強い女性のふりをしていたから。

「お母さんは……？　その子供って……？」

千舟は真砂の話を聞くのが、だんだん怖くなってきた。

身体が震えているのは、海風が冷たいからではない。心臓が大きく脈打って、耳元までバクバクという音が聞こえてきた。

駄目だ。

聞こう。

千舟は震える身体を抱きしめて、真砂に視線をもどした。

聞くと決めたのだから。

「僕は……桜です。正確には、桜に宿った命の思念が力を持ったものなんですが」

五郎が見せた過去のことだった。

枯れかけた桜の前で切腹した侍。その命を吸って、桜は息を吹き返した。きっと、あれが真砂になったのだろう。

真砂は桜のあやかし。

「僕は生かされて、それ以来、ずっと現世にいました……だから、今度は僕が誰かを生かしたかった」

お腹が空いている者には、料理を振る舞う。それは真砂の信念だった。

食べることは生きること。

与えることは、生かすこと。

それが真砂の原動力なのだと思う。

「僕、朝美さんに自分の生気を全部あげたんです」

「え？」

真砂は桜のあやかしだ。

朝美は桜のあやかしに喰われたと教えられてきた。

あれは嘘だったのだろうか。それなら、どうして、すぐに否定してくれなかったのだろう。

「朝美さんには黙って、すべての生気を捧げました。僕は人の命を吸って生き返ったんです。いつか、誰かに返そうと思っていて……そのときが来たと思いました。僕は朝美さんにも生きて、強い子供を産んでほしかった」

真砂にとって、「あやかしでも、人間でも、お腹が空いていたらご飯を食べてもらいたいなと思うだけですよ」と言ったときと同じ気持ちなのだと思う。真砂にとっては、どちらも本音なのだ。

「だったら、お母さんは？」

朝美は、どうして亡くなってしまったのだろう。

「朝美さんのご病気はよくなり、奇跡だと言われたそうですよ。そして、元気なお子さんを出産されました」

「じゃあ、どうして？」

なんで、朝美はここにいないのだろう。

なぜ、広見はあやかしに食べられたなどと言ったのだろう。


――だから、この命は……あなたに返す。


五郎が見せた幻での言葉だ。

千舟は思い出した瞬間に、息を呑む。

真砂の言っていることは嘘ではない。

彼は全力で朝美を救おうとした。命をかけて。結果、無事に子供が産めた。

だが。

千舟は思ってしまったのだ。

もしも、真砂のおかげで命を長らえたのだと知ったら、自分の場合はどうするだろう、と。

「それ……真砂さんは、枯れてしまうところだったんですよね」

「…………」

千舟の問いに、真砂は答えない。

真砂は自分の生気を朝美に捧げたと言った。

その結果、真砂が枯れると知ったら……きっと、千舟なら真砂に命を返す。

朝美も同じだったのではないだろうか。

「お母さんは……真砂さんに、自分で返したんですね」

朝美は病気がよくなり、千舟を出産したあとに真砂に生気を返したのだ。

「黙っていたんですけどね……」

真砂は弱々しく息をついた。

朝美は気づいてしまったのだ。

あやかしと日常的に関わっていた女性である。自分の病気が治ったのは、あやかしの力だと悟るのは易い。

「真砂さん、嘘が下手なんですね」

「上手くいったと思っていました」

「……嘘が上手な男の人より、ずっと魅力的だと思いますよ」

「え？」

聞き返されて、千舟は自分の口を塞いだ。

余計なことを言い過ぎてしまった。今は、こんなにどうでもいいことよりも、伝える言葉があるはずだ。

「真砂さん」

もしも、母を食べたあやかしに会ってしまったらどうしよう。逢魔町に入ったとき、千舟はそう感じていた。

怖いとも思っていた。

でも、今は……なによりも言いたい言葉があった。

「ありがとうございます」

千舟が真砂に伝えたいのは、それだけ。

「わたし、真砂さんのおかげで、ここにいるんですね」

千舟がこうして生きているのは、真砂が救ってくれたからだ。

もしかすると、千舟は生まれなかったかもしれない。

「あと、お母さんにも感謝しています……真砂さんに会えたのはお母さんのおかげだから」

自分に母親がいなくて、千舟はずっと寂しかった。平気なふりをしていたけれど、いつも心のどこかで寂しかったのだ。

食べたこともない母親の味を求め続けていたのも、知らないことを追求してきたのも、すべて母親がいなかったからだ。

「お母さんがいたら、絶対に楽しかったと思うんです……でも、わたし……真砂さんに会って過ごした時間も、大事な宝物なんです」

真砂と出会えたのは決して忌むべき出来事ではなかった。

彼と出会って知ったことがたくさんある。

教えてもらったことがたくさんある。

母親がいないのは、寂しい。

けれども、千舟は真砂に命を返した朝美の意思を否定したくなかった。

千舟も同じ状況ならそうしたかもしれない。大切なものを、もらったままになんてできない。絶対に、後悔する。

真砂との出会いは、千舟にとって財産だ。

今更、捨ててしまえるものではない。与えてくれた母に感謝している。

千舟が逢魔町に出入りできるのは、真砂との縁があるからだ。

真砂のおかげで、千舟はこの世に生まれることができた。それが縁となっているのだ。

「……東雲に帰っても、いいですか？」

一応、確認する。

ほんのちょっぴり抱いていた千舟の不安に対して、真砂は意外そうに目を見開き、ふんわりと笑う。

「許可なんていりませんよ。五郎も、なんだかんだ言って寂しそうでした」

「あー……五郎先輩。漫画を渡したら、機嫌直りますかね？」

「多めに買えば、問題ナッシングですよ」

「真砂さん……そういうのですよ。オジサン臭いです……」

「え、これも駄目ですか⁉」

サラッと爽やかに昭和ネタを入れられると、突っ込みにくくて困る。

「それにしても、寒いですね」

「たしかに……こんな冬の海辺で、わたしたち、なにしてるんでしょうね」

どちらからともなく、防波堤の上に立ちあがる。

お昼過ぎ。夕日がきれいでも、朝日が昇るでもない。

ただ、冷たい海が波音を立て、キラキラと陽の光に反射していた。そんな景色を見ながら、ずっとご飯を食べて話していたのだ。

指がかじかんで、千舟は手と手をすりあわせる。

はあっと息を吐こうとしたが、その手を真砂が包み込んでしまった。千舟は突然のことで、びっくりして身を縮こまらせる。

「だいぶ冷えてますね」

真砂の両手は、寒空の下とは思えないほど温かかった。カイロでも仕込んでいるのかと思ったが、ちがう。

「実は僕って、あんまり強い妖力はなくって。五郎のように化けられるわけでもないし……でも、温めるのは得意なんですよ。カイロみたいでしょ？　ちなみに、電子レンジにもなれますよ。お店のが壊れたときは、自力でなんとかしました」

ポカポカとした笑顔で、真砂は自慢げに語った。

本人に下心はまったくなく、単に天然のカイロとして千舟の役に立ちたいだけなのだと思う。

「病気を治したりできるから、てっきり強いと思ってました……」

「あれ、僕の全力なので。すごいあやかしは、あれくらいで死にそうになったりしませんよ」

「それ、自分で言って平気なんですか？　プライド低くありませんか？」

「お役に立てるなら、まったく」

「真砂さん、そういうところありますよね。知ってました」

結局、いつもの真砂で安心する。

どちらからともなく手を放すと、防波堤を飛び降り、どちらからともなく駅まで歩きはじめる。

　行き先の相談はなかったけれど、なんとなく、東雲に帰っていくのだと理解していた。

「せっかく、こっちまで来たので、なにかしませんか？」

「そうは言っても、梅津寺パークもなくなっちゃいましたし」

　かつては梅津寺駅を降りると小さな遊園地があったが、今は広い跡地が残されているだけだ。駅から見えるのは、海と空き地。なんとも寂しい場所だった。

　けれども、悪い気はしない。

　千舟がまたここへ来るときは、たぶん、今日の出来事を思い出すから。

「三津浜《みつはま》で降りて、三津浜焼きを食べませんか？」

「真砂さん、お腹空いたんですか？」

　三津浜焼きは、お好み焼きである。

　ベースは広島風お好み焼きなのだが、具材に牛肉とたっぷりの牛脂が使われるのが特徴的だった。牛脂の独特なコクが太麺の中華そばとキャベツにからまって、大変美味しい。

「実は、お昼ご飯は食べていなくて」

　真砂は申し訳なさそうに、シナモン色の髪をかいた。

「まったく、あなたって……」

お腹が空いた人間やあやかしを見ればご飯を食べさせたくなるのに、自分は後回し。そんな真砂の性分に、千舟は呆れてしまった。

「だいたい、真砂さんが食べてないって知っていたら、サンドイッチも全部食べなかったのに。そういうことは、早く言ってくださいよ……サンドイッチのあとに三津浜焼きなんて食べたら太ります」

「三津浜焼き、一緒に食べてくれるんですか？」

「わたしを隣で放置して、一人で食べるつもりだったんですか？」

千舟は、「もう……」と息をつく。

「仕方ないですね……じゃあ、もう少し我慢してください」

もうすぐ、電車が来る。

踏切がカンカンカンと鳴り、遠くからオレンジ色の郊外電車が向かってくるのが見えた。

音に掻き消されないように、千舟は少し大きめの声で言ってみる。

「わたしが作りますから……真砂さんのお昼ご飯」

電車が駅へと到着する。プシューッという音とともに、自動ドアが開いた。

千舟はさっさと電車の中へと乗り込んだ。

ふり返ると、真砂も嬉しそうについてくる。

「千舟さんのお昼ご飯、楽しみです」

電車のドアが閉まり、ガタンゴトンと音を立てながら動き出した。

ゆっくり、ゆっくり。

じょじょに速度をあげながら。

4

ロープウェイ街のゆるやかな坂道。

背の高い建物は、あまりない。電線は地中に埋められているため空が開《ひら》けて見える。

千舟の視線は坂のさき、そびえ立つ城山の上に見える一朶《いちだ》の雲。

城山にはロープウェイが伸び、今日も観光客を運んでいた。真っ白な雲が流れていく様が、のんびりとした時間を体感させてくれる。

だが、ひとたび路地裏に入ると空気が変わった。

日陰でじめりとした、そして、雑多で煩雑。統一感のない多様性のある店構えが、なんともなつかしい。

古い家屋を思わせる白い土壁は和の雰囲気。しかし、可愛い冬の花が植えられたプランターで飾られる出窓は洋。店先に並んだ可愛いオブジェと信楽焼の狸の組み合わせも、今では趣を感じるようになっていた。

看板には「洋食レストラン　東雲」。

丹塗りの柵から見える小さな庭には、桜の木。

伸びた枝が店先を明るく飾っていた。

雪が降ったあとだが、花は枯れずに咲いている。昨日は三分咲きだったが、今日はもう満開だ。時間の流れが普通ではないと感じた。散ってしまうのも、早いのかもしれない。

土の上に少量残った雪に、重なるように花びらが落ちていた。

本来なら、ありえない幻想的な光景である。

「…………」

桜を見たあとに、真砂を見つめる。

ガラス細工みたいなグレーの瞳も、やわらかなシナモン色の髪も、白くて整った顔立ちも。こうして見ると、とても淡い色彩だ。

白に薄紅をまとった花びらのような。

桜のあやかしと言われて、妙に納得してしまう。

「どうしましたか？」

立ち止まった千舟を真砂がふり返る。

「い、いえ……桜、きれいだなって」

千舟はとっさに桜に話題を逸らす。しかし、よく考えれば、真砂は桜のあやかしだ。彼を褒めているのと、あまり変わらないのでは？　と、元も子もない結論に達してしまった。

「雪が降っても、平気なんだなぁって！」

軌道修正してみる。

真砂は千舟の意図など大して気にする様子もなく、庭の桜を見あげた。花びらが一枚、魔法で吸い寄せられるように、真砂の手のひらに落ちる。

「毎年、旧暦の一月半ばに咲くんですよ。よかったら、来年も見てやってください」

当然のように、真砂は来年の話をした。

千舟は、一瞬、ぼんやりしてしまうが……遅れて、じわりと嬉しくなってきた。

「来年と言わず、再来年もその次の年も一緒に見たいです……そうだ。お店のお客さんにも告知して、お花見しましょう。寒いでしょうから、温かい料理をいっぱい作って、ストーブを囲むんです」

そう返すと、真砂はやわらかい表情を作った。

「冬のバーベキューも悪くないですね。チーズフォンデュや、焼きマシュマロもしますか？　お肉を焼きながら、みんなでお喋りしましょう」

「いいですね！　でも、わたし大きな鍋で炊いた豚汁もいいと思います！　あと、ぜんざい！　焼いたお餅を入れましょう」

「千舟さんって、お若いのに……素朴なものが好きですよね」

「真砂さんに言われたくないです」

千舟がむくれてみせると、真砂はクスクスと声を立てた。

「立ち話はそこそこにしましょう」

真砂は自然な流れで導くように、千舟の手を引いた。

彼の手は冬の空の下でも温かくて、本当に優しい。千舟は自分の唇がほころんでいるのに気がついた。

カラリンドン
「おかえりなさい、千舟さん」

扉が開くと、そこは人間には馴染みのない、けれども、千舟にとっては馴染み深い、あやかしのレストラン。

「ただいま……もどりました」

扉を潜って、千舟は笑った。

千舟の声にびっくりしたのか、ドアチャイムが鳴って反射的だったのか、カウンター席に伏せるように眠っていた五郎が起きあがる。

「おまえ！　どういう理由で、もどってきたんだい？」

千舟の姿を確認するなり、五郎はすぐに顔を真っ赤にして叫んだ。しかし、本気で怒っているようには見えない。

「まあまあ、先輩。ご心配をおかけしたので、先輩が好きな漫画をたくさん買ってきました」

「本当かい⁉　あ、いや、そんなのに騙されないからな。オイラのことを、なんだと思ってんだ？」

そう言いながらも、千舟に向かって「漫画を寄越せ」と両手を伸ばしていた。真砂の言う通り、チョロ……わかりやすい。

千舟から漫画を奪い取って、五郎は早速、透明なシュリンク包装を破りはじめる。

彼は千舟を追い出す目的で、真砂の過去を幻で見せた。

だが、それは五郎なりに東雲を守ろうとしたからだ。

千舟という異物によって、日常を乱されるのを嫌っただけである。五郎は東雲や、真砂が本当に好きなのだ。

かつて、朝美によって、東雲の日常は壊れようとしていた。五郎はそれをよしとはしなかった。

くり返したくなかったのだ。

だから、千舟を追い出そうとした。

東雲を守ろうとした。

「ありがとうございます、五郎先輩」

五郎は千舟と極力、目をあわさないようにしていた。漫画に夢中なふりをして、下を向いている。

「先輩が教えてくれたので、真砂さんを知ることができました。ありがとうございます」

五郎は両目をまん丸にして、千舟の顔を見あげた。

「……だって、オイラ……」

口をモゴモゴと動かしながら、五郎は言葉をすぼめていった。しかし、千舟は責めることなく、頬と唇の端を持ちあげる。

五郎は漫画をカウンターに置き、ビクビクと視線を千舟に向けた。

「……別におまえなんて……でも、兄貴が寂しそうなのもいやだから……邪魔にならないようにしろよ」

早口で言い捨てる。

「五郎だって、寂しがってただろう？」

五郎と千舟のやりとりを見て、真砂が「あはは」とのんきに笑う。五郎はばつが悪そうに、「バラすな！　いや、嘘つくなよ！」と叫ぶ。

カウンターの隅には、お皿にのった雪だるまがあった。外に残った雪で作ったのだろう。

丸い頭に、海苔で三つ編みの髪がついている。

もしかして、千舟だろうか？

じっと見つめていると、五郎が恥ずかしそうに雪だるまを隠しはじめたので、きっとそうだろう。

嫌われていないようで、なによりだ。

「さて、真砂さん」

一応のケジメをつけたところで、千舟は改まって両手を叩いた。

店のバックヤードには、千舟のために買った制服がかけられていた。千舟は、まだ自分では着付けられないので、白いエプロンだけをつかんで、バサリと広げた。

紐をキュッと結ぶと気合いが入る。

早く自分で制服を着られるようになろう。

「約束通りにお昼ご飯、作りますね！　そこで待っていてください！」

張り切って宣言し、千舟は一人で厨房に入った。

どんな料理を作ろうかな。

真砂は、なにが食べたいだろう。

自分のためではなく、誰かのために作る料理は……とても、わくわくした。

冷蔵庫の中には、ハンバーグ種が丸めたままラップをかけてあった。きっと、ランチの仕込みをしていたのだ。

「決めました」

真砂は今、お腹が空いている。あまり待たせないほうがいい。

千舟は真砂が作りかけで置いていたハンバーグ種を冷蔵庫から取り出した。

以前の千舟なら、ハンバーグ種から自作したいと考えたと思う。ソースにも、焼き方にもこだわりたい。

でも、今は「お腹を空かせながら帰ってきた真砂に食べてもらう料理」を作らなければならないのだ。

食べる相手を思いやる。真砂がいつもしていることだった。

「よし、いこう」

千舟は気合いを入れる。

まず、ハンバーグをフライパンで焼く。グリルでじっくり熱して——といった作業は今回不要。

低温で焼きながら、肉が固くならないよう、千舟はハンバーグと一緒に水を少量入れて蓋をした。蒸し焼きにすることで、全体に火を通しながらやわらかく仕上がる。

ハンバーグを焼いている間に、他の準備にかかった。

五郎が身を乗り出して、こちらを観察している。

「ちゃんと五郎先輩のもありますからね」

「本当かい⁉　い、いや……できる後輩を持って誇らしいってもんよ——って、おまえ、そんなもん使ってどうしようってんだよ！」

千舟が取り出した食材を見て、五郎が思わず声をあげる。見守っていた真砂も、意外そうに眉をひそめた。

「これを」

千舟は「ふふん」と笑った。

「こうして」

そして、最後の仕上げを施した。

「こうするんですよ！」

できあがった料理を見て、五郎が露骨に「いやそうな」顔をする。「え、これ本当に食べるのかい？」と、今にも口から出てきそうだ。

「え、これ本当に食べるのかい？」

「そう言うと思っていました」

先読みしていたセリフを当てると、なんとなく、勝利した気分になる。

一方の真砂は、真剣な顔で料理を凝視していた。

「……面白いです」

真砂が面白いと評価した料理。

千舟はドンッと自信を持って、カウンターの上に置いた。

皿にのっているのは、ボリューム満点のハンバーガーだ。焼き目のついたバンズの間に挟んだのは、瑞々しいレタスにタマネギ、ジューシーな見た目のハンバーグ。

だが、一番目を引くのは、

「なんで、ハンバーガーにみかん挟んでるんだよぉ！」

五郎が頭を抱えて声を絞り出す。

千舟が作ったハンバーガーには、ダイレクトにみかんが挟まっていた。皮を剥いた温州みかんを輪切りである。

「面白そうだったので」

「美味いかどうかを一番に考えてくれねぇか？」

「お肉とフルーツは相性がいいんですよ。ポンジュースで鶏肉を炊くと美味しいんです。酢豚にパイナップルとか、入っているじゃないですか」

「オイラは酢豚のパイナップルは苦手なんだ……！」

五郎はカウンターをバンバン叩いて猛抗議する。しかし、千舟はアッサリと受け流す。

酢豚のパイナップルは賛否両論だろうが、まあ、それはいい。

「真砂さん、どうぞ」

千舟は真砂の前にも、ハンバーガーを置いた。

真砂はハンバーガーをじっと見つめ、やがて、ふんわりと笑う。

「いただきます、千舟さん」

しっかりと両手をあわせたあとに、真砂は千舟のハンバーガーを持ちあげた。

ハンバーグには厚みがあり、野菜やみかんも挟んである。真砂はちょっと苦しそうに口を大きく開け、ハンバーガーにかぶりついた。

千舟は思わず、真砂の口の動きを凝視してしまう。

誰かのために作る料理は初めてだ。

誰かに食べてもらうって……こんなにドキドキするんや……。

千舟は緊張で手のひらに汗をかいていた。

「ん……」

真砂が唇をペロリと舌で舐め、紙ナプキンで拭う。

「美味しいです」

その一言を聞いただけで、全身から力が抜けた。「ほっと安心する」というよりも、「はあっと大きく息をつく」といったところだ。

真砂の「美味しい」を聞いて、五郎もハンバーガーに手をつけた。最初はおそるおそるだったが、そのうちに、「意外とイケるじゃあないか！」と、興奮しながら食べている。

「みかんの果汁が肉のジューシーさを引き立てていると思います。甘いですが、いやな感じはしません。酸味が爽やかですね。ソースにはお店で作り置きしていた照り焼きソースを使っていますが……少し、塩みかんを塗りましたか？」

たぶん、いつもの千舟の批評を真似てくれたのだろう。真砂は千舟が施した工夫を言い当てた。

塩みかんは、みかんを塩で漬けて熟成させた調味料だ。塩レモンと一緒に、厨房にはストックしてあった。

塩気だけではなく、酸味があるため、少量でもしっかりと味を感じる。減塩食にも有効な調味料だ。

「とっても美味しくて、面白い料理です」

真砂は食べかけのハンバーガーを見おろして、もう一度笑う。

「千舟さん、ひとつ謝らせてください」

千舟は首を傾げる。

「僕、千舟さんがここへ初めて来たとき、すぐに朝美さんのお子さんだと気がつきました。最初は驚きましたが……素直に嬉しかったんです」

幻の中でも、千舟と母はよく似ていた。

そういえば……。

今更になって、千舟の家には母親の写真が飾られていないことに気がつく。千舟が母の顔をイマイチ思い浮かべられなかったのも、それが原因だろう。

「これで、朝美さんにお返しができる。朝美さんの代わりに、この子に恩を返そうって思ってしまって」

真砂は穏やかに、されど、やや沈んだ声で。

「でも、朝美さんと千舟さんは全然ちがいます。一緒じゃないです。僕は、わかっていなかったんです」

千舟を見つめる真砂の目は、いつもと変わらない。けれど、彼の中に映る人物は、きっと以前とちがうのだろう。

「このハンバーガー、とても面白くて美味しいです。絶対に朝美さんが作らない料理だと思います——狙ってましたよね？」

問われて、千舟は真砂にため息を返す。

「真砂さんって、そういうところありますよね」

すぐに、こちらの目的を当ててしまう。

真砂に料理を作ろう。

そう決めたときに、もう一つ決めたことがあった。

せっかくなのだから、真砂が——朝美が作らないものにしようと思ったのだ。千舟にとってのオリジナル……千舟の味を知ってほしかった。

真砂が謝罪したように、朝美と同一視されたくなかったわけではない。むしろ、彼がそんなことを考えていたなんて、思ってもいなかった。

「千舟さんの料理、僕は大好きです……これからも、よろしくおねがいします」

改めて言われるとむず痒い。千舟は居心地が悪く「へへ」と頭をかいた。

「でも、一言。アドバイスを」

最後に真砂は人のいい笑みのまま、隣席を示した。

五郎がガツガツと千舟のハンバーガーを食べている。口の周りも手も、肉汁と果汁、そしてソースでベトベトに汚れていた。

本人はあまり気にしていないようだが……千舟は真砂の言わんとするところを理解

する。

「もう少し、食べやすく作ると満点です」

「……精進します、師匠」

あははと笑うと、五郎が顔をあげる。

「な、なんだい？　なんだい？　オイラ、なんかおかしいかい？」

顔中をハンバーガーで汚しながらそんなことを言うものだから、二人はいっそう声をあげてしまう。

レストラン東雲は今日も平常営業。

明日から、またいつも通りに店を開けるだろう。

その一員でいられることを、千舟はとても嬉しく思う。

窓の外には、真冬の桜。

季節外れだけれども、店内の暖かさには似つかわしい。

そう思う。

第六幕　ありがとうのフルコース

1

カーテンの間から射し込む光が、瞼を刺す。

「ん……」

スマホで時間を確認すると、八時すぎ。平日であれば、学校へ行く時間だが、今日は休日である。

千舟はたっぷりと二度寝を楽しむか、早めに東雲へ行くかを天秤にかけた。その結果、もぞもぞと布団の中で丸まったあとに身体を起こし、うーんと伸びをする。

出かけよう。

今日は思う存分、東雲の空気を吸おう。

パジャマから着替えて、顔を洗い、歯を磨く。髪を三つ編みにし、鏡に映る自分は、いつも通りだった。

階段を下りると、どの部屋も薄暗い。シンとしていて、物音もまったくしなかった。誰もいないということが、すぐにわかる。

父は仕事に行っているようだ。

最近、広見と話す機会は少ない。

家に帰らずに学校で過ごした日は、さすがに一喝された。が、それだけだったのだ。千舟は逆に拍子抜けしてしまった。

あれから、広見は忙しいようで、朝食の際も顔をあわせなかった。千舟のほうも、どうやって広見に声をかければいいのかわからず、無意識のうちに避ける行動をとっていた。

娘が一晩、家に帰らなかったのだ。もう少し、なにかあってもいいはずなのに……これはこれで、居心地が悪かった。まるで、この家に千舟の居場所などないかのようだ。

一人で食べる朝食。キッチンのシンクには、すでに広見が食べたあとの食器が重ねてある状態だった。

広い家に、一人きりで暮らしている気がする。

冷蔵庫には、お手伝いさんが作り置きしてくれているおかずが入っていた。

千舟は大して感情を表に出さず、玄関へ向かっていく。

「いってこうわい」

なんとなく、声を出してみたが……もちろん、反応はなかった。

千舟はそのまま家の玄関を閉じ、鍵をかける。

それから、歩いてロープウェイ街へ行く道すがら、考えた。

考えたといっても、とりとめがなく、まとまりのないことばかりだ。頭の中が整理されておらず、メモのようなものが散らばっている気分だった。

千舟はいつも、「なぜ」がわからなくて、考えている。

それなのに、この日は「なぜ」などという、形の見えるものも浮かばない。

「納得いかんわ……」

自分の頭の中に、なにが描かれているのかハッキリしない。もやもやする。

なにかしたいことが、ある気がするけれど――具体的な行動や言語にならないもどかしさ。

「おいおい、後輩。どうしたっていうんだい？」

千舟の考えごとは、東雲へついてからも続いていた。

「……解決しないと、他のことにいけない性分なんです」

「いや、それは知っているがよ……仕事はしておこうな？」

営業前の掃除は終わっていない。五郎に指摘されるが、千舟はやはり物思いにふけってしまう。

「千舟さん、お腹が空いているんですか？」

「すぐに腹ぺこ扱いしないでください。全然ちがいます……」

真砂にからかわれていると悟って、千舟はムッと厨房をふり返った。

動きにあわせて、小袖が揺れる。

お手伝いさんに教えてもらって、千舟はなんとか一人で着物が着られるようになった。赤色の矢絣柄は少し派手で恥ずかしいが、濃紺の袴とエプロンをつけると、案外落ち着いている。

「……あれ？　今日のサラダ、種類が多いですね」

ポテトサラダにグリーンサラダ、ビーンズサラダ、ピクルスも数種類。

千舟の問いに、真砂は「よく聞いてくれました」と、笑い返す。

「前菜をサラダプレートにしようと思って」

真砂は砥部焼の器に、サラダを少量ずつ盛っていった。

一品につき二口から三口ずつのサラダに、生ハム、プチトマト、小さく切ったキッシュを並べると、器はあっという間に、にぎやかになる。

器いっぱいのサラダたちはそれぞれが主張し、しかし、不思議な一体感もあった。宝石のようにキラキラとしている。とにかくカラフルで美味しそうだ。

「SNS映《ば》えですね」

「最近、千舟さんがいろいろ見せてくれるので、参考になります。こういうプレートは少しずつ、いろんなものが食べられるから、とってもお得感がありますよね」

真砂には、ときどき気に入った料理の画像を見せていた。レストランのランチであったり、カフェのスイーツであったり。

朝美が真砂に影響を与えたように、千舟も真砂になにかを与えている。そう感じられて、嬉しかった。

「あ……」

前菜のプレートを見て、千舟は声を漏らす。

考えていたことが、繋がった。

「ねえねえ、真砂さん！」

千舟は真砂のほうへ身を乗り出した。

「千舟さん？」

急に顔を近づけたせいか、真砂が珍しくうしろに退いていた。

さすがに千舟は迫りすぎたと反省して、コホンと咳払いし体勢を立て直す。

「真砂さん、提案したいことがあるんですが」

千舟は改まって姿勢を正す。

つられて、真砂も背筋を伸ばした。

面接でもしている気分だ。

「お店を一日、貸し切らせてほしいです」

ちょっぴり緊張した空気の中で、千舟は明朗な声で宣言した。

真砂は両目をパチパチと開閉して一拍置いたあとに、首を傾げる。

「……はい？」

「お店を一日だけ、わたしに貸してほしいんです」

伝わっていないようなので、もう一回、言い方を変えてみた。

「いや、わかってますよ」

どうやら、伝わっていないのは目的だった。少々、興奮して言葉が足りなかったのだと、千舟はようやく気づいた。

「ええとですね。わたし、お礼がしたいんです」

「お礼ですか」

千舟はうなずきながら、上手い説明を考える。

「わたし、ここへ来るまで、あやかしが嫌いでした。得体が知れなくて、怖いって思っていました。でも、東雲に来るお客さんから、いっぱい学んだことがあります。わたし……自分の料理を食べてもらいたいんです。お店のお客さんに、お礼がしたいんです」

東雲へ来て学んだことがたくさんある。

千舟は「なぜ」を探求してきた。そのくせ、母親に関すること、特にあやかしに関しては知ろうとしてこなかった。

だから、お礼がしたい。

あやかしたちがどんなふうに暮らしているのか。

あやかしがどんな想いを持っているのか。

教えてくれたあやかしたちに恩返しがしたい。

千舟は作りたいと思った。

みんなに、料理を食べてほしい。いや、みんなのために料理を作りたい。

「わかりました」

真砂は千舟の考えを拒まず、笑みで応えた。

「僕もしっかりお手伝――」

「いいえ、真砂さんは手出し無用です」

真砂の前に「ストップ」と手のひらを見せながら、千舟は首を横にふった。真砂はわけがわからないと言いたげな様子だ。ちょっと表情がシュンとしている。

「真砂さんも、わたしのお客さんです。あ、五郎先輩もですからね。だから、お手伝いは不要です。わたしがおもてなしします」

千舟は腰に両手を当てる。

ふふんと腕まくりしていた五郎も、表情を暗くしながら項垂れた。

「じゃあ、僕はお客さんへの告知をがんばりましょうか。それくらいは、いいでしょう?」

「はい、おねがいします! ……あ、あと……」

千舟は元気よく真砂に返答し、ややひかえめに切り出す。

「営業時間以外なら、厨房も好きに使って大丈夫ですよ」

真砂はそんな千舟の言葉を先読みして、心得たとばかりにうなずく。

「ありがとうございます!」

プランはだいたい決まっていた。しかし、千舟はそれらの料理を、より完璧にしたい。

自分が思っている味に近づけたいのだ。

納得いくものを、納得いく形で。

それにはどうすればいいのか、じっくりと突きつめる必要があった。

やっぱり、千舟は本質的に「こだわりが強い」のだ。いつも、「なぜ」の答えを探していた。

最初は、知らないのが怖かった。

でも、そうではないと、わかったのだ。

今の千舟が怖いのは、知らないことではない。

前に進みたい。

今はそのために、とことんこだわってみようと思うのだ。

2

平日は学校が終わってから東雲へ向かう。もちろん、砥部には運転をたのまず、歩いて帰った。

東雲の閉店後は、そのまま厨房を借りてメニューの研究に打ち込んだ。

「納得いかんのやけど……」

千舟は顎を指でなで、百面相をしてしまう。目の前には、できあがった料理がある。美味しいけれども、千舟の求める味ではなかった。


「ちょっと休憩しませんか？」

真砂から声をかけられなければ、おそらく千舟はずっとウンウンうなっていただろう。

真砂は千舟の肩に温かいショールをかける。厨房の作業台の下から、小さな椅子を引き出して、座らせてくれた。

肩に載せられた手と、ショールの重さ。いやではなかった。

「お茶、どうぞ」

マグカップに満たされた緑茶から、湯気があがっている。澄んだ黄緑の底に、少量の茶葉が沈んでいた。

緑茶を、千舟は両手で持ちあげる。

千舟の希望通り、真砂も五郎も手出しはしない。ただ、こうやって、ときどき支えてくれる。

「ありがとうございます」

甘みの中に複雑な苦みがあり、それでいて、とても後味がいい。厨房の端に新宮《しんぐう》町のお茶の缶が置いてあった。

愛媛県四国中央市に属する新宮町は茶葉の産地として、ちょっとした名所だ。特にお茶を使用した菓子「霧の森大福」で有名になった。

「なあ、もう食べていいかい？」

ほっと一息ついていると、五郎がピョコリと顔を見せた。

千舟が作った料理を横から、ずっと狙っていたようだ。

笑いながら、「どうぞ」とカウンターに皿を置くと、「ありがとうよ！」と、食べはじめる。

最初は千舟のことを邪険にしていたが、すっかりと馴染んだ。千舟にとっても、五郎はいないと寂しい存在であり、とても可愛い弟……いや、先輩だった。

「もう、これでいいじゃあねぇか。美味いぞ！」

口いっぱいにモグモグと食べ物を詰めながら、五郎が言った。

「いいえ、これじゃ駄目です」

納得しないのは千舟だ。

そういう性分なのだ。これは曲げられない。

「そうかい？」

「そうです」

頑なやりとりを見て、真砂が「ふふ」と漏らす。というより、笑うのを我慢していたが、無理だったようだ。

「すみません。千舟さんは頑固ですからね」

わかったような口ぶりなのが癪《しゃく》だが、なにもまちがっていないので、千舟は言い返せない。

ささやかな抵抗として、千舟は口をムッと歪めるのみだ。それで不機嫌を表現してみたが、あまり効果はなかった。当たり前か。

「自分が楽しむ料理じゃないんですから。やっぱり、きちんと作りたいんです。納得いかないものを提供するのは、お客さんにも失礼ですよね。それに、自分を安売りすることにも繋がります」

ただ作るだけではないのだ。

それだけでは、食べてもらう人に気持ちは伝わらない。

なにも、食べる側にマナーや品格を要求するわけではなかった。納得がいくものを出したいという自己満足でしかないのだと自覚はしている。結果的にお客が「まずい」と言っても、それは仕方がない。

もちろん、根本的に千舟の味を受けつけない場合もあるだろう。だからと言って、自分が手を抜く理由にはならないのが持論だ。

常に全力でありたいだけ。

誰にとっても美味しいものはない。

でも、追求するのはまちがっていないはずだ。

「ところで、真砂さん。注文していただいた大皿って、届いたんですか？」

「バッチグーです」

「あ……はい……」

真砂は、突っ込むべきかどうか絶妙なラインの死語を使いながら、心強くうなずいてくれる。

「だから、千舟さんは納得がいくまで、がんばってください。僕にできるサポートなら、任せて」

肩がじんわりと温かいのは、真砂が温めてくれているからだろうか。筋肉がほぐされて、力が抜けていくような気がした。

「おい」

和んでいるところに、五郎が皿をコンコン叩いた。

口の周りいっぱいに食べかすをつけたまま、五郎は皿を掲げてこう言った。

「おかわりは、ないのかい？」

料理を研究しているのに……千舟も真砂も苦笑いした。

「いいですよ、先輩。作りましょうか」

五郎の顔がパァッと明るくなる。

今度はもっともっと、納得がいくように作ろう。

そう意気込んで、千舟は腕まくりをした。


東雲での研究が長引いてしまい、帰宅が遅くなった。

千舟は楽しかった気持ちを胸に仕舞いながら、そっと玄関を開ける。いつも通り、音もせずガランとした一階の暗さが、寒かった。

家の中のほうが寒いなんて、おかしな話だ。

「……ただいまぁ」

小声で呼びかけるが、返事はない。

広見はまた仕事だろうか。

しかし、キッチンへ行くと、夕食の食器がシンクに重ねてあった。それを見て、「ああ、お父さん、帰ってたんだ」と察する。

千舟は階段を上った。音などしないと思っていたが、父の書斎には明かりが灯っている。まだ起きているようだ。

千舟は、ふと、思い立って廊下のフローリングを少し大きく鳴らしてみる。ほんのささやかに、気持ち程度だ。

トントコ

足音は、想定よりもちょっぴり大きく聞こえた。

ドンドン

もう少しだけ、高く足をあげてみる。

音にあわせて、心臓も鼓動を強くした。

そのあとに、聞き耳を立てる。

「………」

広見の部屋からは反応がなかった。

なにかを読んでいるのか、ペラリと紙をめくる音が聞こえる。眠っているわけではないらしい。

「………」

千舟は黙って部屋へ帰る。自室の扉をバタンッと閉めた。

部屋の電気をつけ、勉強机へ向かう。

引き出しに入った便せんと封筒を取り出して、千舟はペンを握った。

ひとりぼっちの寒い部屋で。

ただ一言を書くために、何時間も手が硬直していた。

それでも、日付が変わるころには目的の一言を書き終えて、泥へと沈むように眠りにつく。

3

庭の桜も散り、春が近づいた。

そもそも、普通は桜が冬に咲かないので、「桜散り、春近し」という表現にも違和感があるが。

雑多で妖しげな店構えのレストラン、東雲の扉には、「本日貸し切り」という札がさがっていた。

だが、隣には「ご来店はお早めに！」ともある。

普段、東雲のランチタイムには、バラバラとお客が集まるのだ。誰もが好きな時間に来て、料理を楽しんで帰っていく。

けれども、この日は開店前から常連客が並んでいる。

「おい、兄貴。こりゃあ、いつもより繁盛するんじゃあないかい？」

出窓から外を確認して、五郎が声を弾ませた。真砂も「本当だね」と笑う。

一方の千舟は、自信満々――とまではいかなかった。

「胃が痛い……」

十六になって、初めて「緊張で胃が痛い」という状況を体験している。千舟はムカムカと、なにかが食道から逆流してきそうな感覚に耐えながら、窓の外を見ないようにしていた。

準備はできている。

もう、あとは成るように成るしかなかった。

「ほっほっ……今日は繁盛しとるなぁ」

まだ開店していないのに、店の隅にはすでにお客がいた。いつも東雲に来る老人である。

とはいえ、今日は貸し切りの特別仕様だ。

みんなを驚かせたいのに、これでは……千舟は申し訳ないと思いながら、老人に声をかける。

「すみません。まだ――」

「千舟さん、竹村さんは大丈夫ですよ。見守ってくれているだけですから」

千舟を制止するように、真砂が笑った。

「え、でも……」

「竹村の爺さんだったら、しょうがねぇ」

五郎も同じ意見のようだ。

千舟はこの老人の名前が「竹村さん」だと、今、初めて知った。

「その人、神様なので」

「は？」

真砂がサラリと言うものだから、目が点になった。

「竹村さんは、銀天街に住んでいる大黒様なんですよ。言ってませんでしたっけ？」

「聞いてないです！」

さも当然のように言われて、千舟は思わず叫んでしまった。

「竹村さんって、あの竹村さん？」

松山市内には有名な宝くじ売り場がある。高い当選実績を誇り、全国からお客が買いにくるらしい。

その売り場の隣には小さな鳥居と賽銭箱があり、黒雲母の大黒様も飾られている。

「まさか……本当に？　神様なんですか？」

「恥ずかしいのう。竹村でええんよ？」

竹村さんはにこやかに答えながら、丸々太ったお腹をポンと叩いた。とてもいい音だ。

そういえば、最初に「あやかしではない」と言っていた……たしかに、あやかしではなかったけれど……！

「まあ、座敷童のようなものです」

「神様を座敷童呼ばわりしていいんですか？」

……あやかしのレストランなのだ。お客に神様が交ざっていても不思議ではないか……納得はいかないが、千舟は事実を呑み込んだ。

「おい、そろそろ開店だぞ」

五郎が時計を示した。同時に、壁時計の鳩が飛び出してくる。

クルックーと、のんきな音を聞いて、千舟は東雲の入り口に走った。早くお客さんを中に入れなければ。

襷掛けにした矢絣の小袖と、白いエプロンのフリルが揺れる。

竹村さんの衝撃のせいなのか、ちょっと慣れてきただけなのか、胃のムカムカは解消されていた。千舟は顔いっぱいに笑みを作って、並んでいるお客さんに向かって声を出した。

「いらっしゃいませ！　ようこそ、東雲へ！」

その合図を待っていたかのように、あやかしたちが順番にお店へ入る。

いつもオムライスを食べてくれる家族、じゃこカツが大好きな猫又の伊吹、ミートソーススパゲティが好きな自警団の百之浦、エトセトラエトセトラ。

「わあ……！」

ちょっとした驚きと感嘆の声。そして、わくわくと笑顔が弾けた。

「すごーい！」

反応を見て、千舟はひとまず安心する。

お店のテーブルはいつもと配置を変更していた。

奥の壁際に寄せたテーブルには、大きなボウルに盛られたサラダ。種類ごとに器をわけている。ドレッシングも好みにあわせて使えるようにした。

カウンターの大皿には温かい料理を。

保温の設備はないが、すぐに真砂が温め直せるようにスタンバイしていた。ミートソーススパゲティ、じゃこカツ二種類、ハンバーグ、カレーライスなど、バラエティに富んでいる。

千舟は厨房に入り、お客の注文に応じてオムレツなどの料理を提供できるように準備をしていた。

「千円で好きなものを、好きなだけ食べて結構です。自由に楽しんでください」

千舟が宣言すると、お客たちは嬉しそうに席につく。そして、各々に好みの料理をとりにいった。

「じゃこカツ食べたい！　ください！」

猫又の伊吹がピョコピョコと跳ねていた。

千舟は揚げたてのじゃこカツをお皿に盛って、伊吹に差し出す。もちろん、じゃこ天をそのまま揚げたカツである。

「ありがとうございます」

伊吹の父親がペコリと頭をさげ、

「え？　みかんドッグ？」

カウンター横のメニュー表を不思議そうに凝視した。これはオムレツなど、千舟がその場で作る料理を表にしている。

「ご注文ですか？」

千舟が問うと、伊吹の父は不安そうな表情をしながらも、「じゃあ、それで」と返した。

これは以前に作った、みかんバーガーを改良したメニューだ。

パティは細長く成形している。ジューシーさを損なわないよう、事前にグリルでしっかり火を通しており、仕上げに千舟がフライパンで焼き目をつけた。そして、野菜と一緒に細長いパンに挟み……最後には、みかんの果肉も。

食べにくいという課題をクリアした形だ。みかんも肉にあうよう、酸味があってグレープフルーツに近い「はるか」を使用していた。

「これは面白そうだなぁ」

「いいなぁ！　それ、美味しそう！」

できあがったみかんドッグを見て、他のお客も食いついた。千舟が入っている厨房ブースに、ポンポンとお客が並んだ。

「食べ放題……これは、ありがたいです」

自警団の百之浦もニコニコしながらミートソーススパゲティを皿に盛っている。大皿に、山盛り。本家『でゅえっと』の大盛りよりも、多いかもしれない。これはすごい。きっと、また呑み込むように食べるのだろう。

「オムライスが食べたいんやけど」

「みかんドレッシングのサラダ美味しいね」

みんな各自で好きなものを、好きなように楽しんでいた。

どれも千舟がこだわり抜いた品だ。

同時に、お客がそれぞれ望む品だった。

真砂や五郎もお客の相手をしながら、交ざって食べている。こんなことは滅多にない。

誰にとっても嬉しい。

楽しく、美味しい。

そんな時間と空間。

千舟の作った料理を、みんなが食べて喜んでいる。

真砂の気持ちがわかる気がした。

こんなに楽しいのは初めてだ。

カラリンドン

「おや、いらっしゃ――」

瓢箪のドアチャイムを鳴らして入った新しいお客に、五郎が表情を固まらせた。真砂も眉を寄せる。

百之浦が露骨にいやそうな顔をしたあとに、パッと笑顔を取り繕う。

料理に夢中だった千舟は、その段になって、ようやく来客に気がついた。

「あ――」

思わず、口を半開きにする。

来てくれたんだ……。

そう言いかけてしまった相手は、パリッと糊の利いた背広の男性。厳めしい表情で珍妙な店内を見回している。

この場を訝しみ、異質だと思っている目だ。

しかし、実際は彼自身がこの場において酷く異質な存在だった。

「お父さん」

千舟は厨房を出て、訪れた最後の客――祝谷広見に近づいた。

広見は奇妙なレストランをながめるのをやめて、千舟に視線を向ける。理解できないと責めるような表情だと、千舟は感じた。

けれども、手には千舟が家に書き置きした手紙が握られている。

千舟が何時間もかけて書いた、たった一文だけの招待状であった。

「人間！」

伊吹の父親があわてて、娘の頭の耳を隠した。五郎も自分の尻尾が出ていないか、おしりを触って確認している。

他の客たちも、妙にソワソワしていた。

逢魔町には人間も入ってくることはあるが、リラックスしているところに現れると、ちょっとしたパニックになるようだ。

それも、広見は祝谷神社の神主であり、市議である。逢魔町の運営を担う、中枢の人間だ。あやかしたちも顔を知っている。

逢魔町の運営に厳しい発言をする人間として。

「祝谷議員。自警団を通さず、逢魔町へ来るなど珍しいですね。言ってくだされば、何人か割きましたが」

百之浦は公務員だ。他の客が黙りこくる中、臆せず広見の前に立っていた。

いつもやわらかい物腰の百之浦だが、このときばかりは慇懃《いんぎん》で機械的だと感じる。仕事をしているときの顔なのだ。

「今日は客だ。別に自警団に通報するつもりはない……休暇中の職員がなにをしていても、関係ない」

広見は感情の読めない息をつきながら、一言。

おそらく、変化が不十分だった者に向けたのだろう。同時に、その言葉は、彼らをあえて見過ごしていた、自警団の百之浦にも向けられている。

百之浦はひとまず息をつき、「ああ、そうですか」と一礼した。

広見が逢魔町の運営に携わっているのは知っていたが、こんなにあやかしから恐れられているとは思わなかった。

「お客様、こちらです」

千舟は広見の雰囲気に気圧《けお》されそうになりながらも、用意していた予約席に案内する。

　なにか言われるかな。連れもどされるかな。そう思っていたが、意外にも、広見は席についてくれた。

「…………」

　それよりも、広見はバイキング形式で並べられた料理の数々を注視している。

「お父さん、食べたいものはありますか？」

　気になるものがあるなら、用意しようと千舟は広見に問いかけた。

「いや……」

　広見はなにかを言いかけて、口を閉ざす。

　妙な沈黙に緊張する。

　真砂も、お客との雑談をやめ、固唾を呑んでいた。

　しかし、ここへ来て千舟に案内されるまま席に座ったのだ。つまり、食事をする意思があるということである。

「お料理をお持ちしますね」

「…………」

　沈黙は肯定だと勝手に解釈して、千舟はクルリと厨房へ引き返した。

「千舟さん」

カウンター越しに真砂が心配そうに声をかけた。

「大丈夫です」

真砂の心配を吹き飛ばすように、千舟は大きめの声で返した。

これは自分を鼓舞するためでもある。

それに、もう広見に出す料理は準備できていた。

あとは仕上げをするだけ。

緊張で胸がドクドクと脈打つ。

空気が水飴のように重くなる気がした。

「わたし、大丈夫です！」

千舟は自分の両頬をバチーンと叩いて、もう一度宣言した。

うるさくなりつつあった胸の動悸が聞こえなくなる。水飴みたいだった空気も、スゥッと軽くなった。

ふりあげた手が、思いのほか高くあがる。

千舟は今度こそ、自信を持って笑うことができた。

早速、千舟は調理にとりかかる。

カウンター越しに、真砂やお客の何人かが、こちらを見ていた。みんな興味津々のようだ。広見はずっとテーブル席に座ったまま。

「うわあ！」

伊吹が楽しそうに声をあげた。

カラカラという調理音が聞こえると、どこからともなく舌なめずりも。どうやら、あやかしたちの食欲も大いにそそっているらしい。

千舟は構わず、調理を続ける。

千切りキャベツがのった皿に料理を盛りつけるころには、千舟は額に汗を浮かべていた。

なんか、疲れた。

でも、まだがんばらんと。

お皿にクロッシュで蓋をして、千舟は広見のもとへと、できあがった料理を運んでいく。

特別メニューだ。

「お待たせしました！」

自信を持って。

千舟は料理の皿を広見の前に置いた。

広見はなにも言わず、クロッシュによって隠された料理と千舟の顔を見比べている。

「どうぞ！」

千舟は尻込みしそうになる気持ちを抑えて、勢いよくクロッシュを開いた。

「これは……」

広見が意外そうに目を見開いた。

「大洲《おおず》コロッケでございます、特大サイズでご用意しました！」

現れたのは特大のコロッケだった。

千切りキャベツを押しのける勢いで、皿の上に鎮座している。こんがりとキツネ色に揚がった衣が美しい。

千舟は広見の反応をうかがう。

食べてくれるかな？

今更、不安になった。

「……いただこう」

広見は短く言うと、両手のひらをゆっくりとあわせて目を閉じた。

千舟は広見がこうやって、手をあわせて食べるのを見て育っている。母親がいなかった千舟にとって、家庭でのお手本はすべて広見なのだ。

広見とあまり会話をしなくなったのは、いつごろからだったか。

どちらが避けていたわけでもない。どちらからともなく、近寄りがたくなっていたのだと思う。特に逢魔町に通いはじめたこの一ヶ月ほどは、家でも顔をあわさず、ほとんど他人のような生活をしていた。

広見が箸でコロッケの中心を割っていく。

男爵芋の一般的なコロッケではない。

中から出てきたのは、少しねっとり、そして、もっちりした白い芋の層——里芋のペースト。包まれるように入っているのは、しいたけ、ニンジン、鶏肉、こんにゃくなどの具材だ。まるっとした、小芋もゴロリと塊で現れる。断面からは、じわりと出汁があふれ出た。

具はすべて、「いもたき」に使用されているものだ。

いもたきは、里芋や様々な具材を大きな鍋で煮て、河原などの会場で集まった人々が囲って食べる行事。愛媛県で行われる秋の風物詩だ。

そのいもたきを凝縮してコロッケにしたのが、大洲コロッケである。

千舟の作った大洲コロッケは特大サイズだ。小芋を四分の一カットで入れていた。甘めの出汁もゼラチンで固めておき、加熱によって中からあふれさせている。より「いもたき」の味を再現したコロッケであった。

「…………」

広見がコロッケを口に運ぶ瞬間を見守る。

手のひらを握り直すと、千舟はまた手に汗をたくさんかいていた。

「思っていたのと、ちがうな」

千舟の料理を食べたあと、広見は一言。

すかさず、五郎が目くじらを立てる。

「おい、オッサン。オイラの後輩の料理が気に入ら——ちょ、兄貴放せよ！」

「いいから、五郎は静かにしなさい」

怒る五郎を、真砂が押さえ込む。五郎は小さな身体をブンブンふりながら、塞がれた口をモゴモゴ動かしていた。

いつの間にか、おしりから尻尾がニョキリと生え、頭の上に耳がピョコッと飛び出している。

「にぎやかだな」

五郎たちを示しながら、広見が息をついた。

グラスの水を一口飲む。

「朝美が好きそうな店だ」

「え」

母の名前が出てくるとは思っておらず、千舟は完全に不意を突かれてしまった。

「ここにある料理は……ほとんど朝美が家でも作っていたものだよ」

千舟の母——朝美は東雲で働いていた。真砂から料理を教わったり、手を加えたりしていたのだ。家庭でも同じものを作るのは、道理である。

「だから、ここでおまえが作った料理と聞いて、朝美と同じ味を想像した」

朝美が通ったレストランで、娘である千舟が作るのだ。

その味は似ているだろうと、広見は期待していた。

落胆させてしまっただろうか。

「……まったくちがったよ。朝美はこんなものは作らなかった——美味い」

こんなにやわらかい父の顔を見るのは久しぶりだった。

「本当に？」

美味いの一言を聞いて、千舟は思わず安堵の声をあげる。それくらい緊張していたのだと思う。

今まで、眉間にしわを寄せて難しい顔をしているところしか見たことがなかった。そうでなければ、困った顔か怒った顔だ。

あまり笑っている姿が思い出せない。

千舟の前で笑ったことはある。そういう記憶もあるのに、まったく印象に残っていないのは実に不思議であった。

「お父さん、あのね」

千舟は必死で口を開いた。言葉が上手くまとまらないけれど、一生懸命、伝えようと努める。

広見は誤解している。

朝美が亡くなったのは、あやかしのせいなどではない。決して、あやかしたちは悪い存在ではなかった。

ここにいるあやかしたちは、みんな人間と同じなのだ。

広見が言うような危険ではない。

「お父さんは……お母さんが死んじゃったのは、あやかしのせいだって言ってたけど、あれちがう。全然、ちが——」

「知っている」

「え」

まとまりのない千舟の言葉を、広見は遮った。

千舟が固まっていると、広見はもう一度、水を口に含んだ。ゆっくりと飲み込んだあとで、改めて千舟を見あげる。

「朝美は自分がいなくなる理由を話さずに消えるほど、無責任な妻ではないからな」

「え？　でも、だって……」

朝美は桜のあやかしに食べられて死んでしまった。

千舟はずっと、そう教えられてきたのだ。

それなのに、広見は今目の前で、事実を知っていたと話す。

千舟には理解できなかった。

「乳がんが見つかっていたことも、この店のあやかしの力で完治したことも……おまえを産んだあとに、もらったものを返そうと思ったことも。すべて朝美から聞いているよ」

千舟は唇が震えて、なにも言えなくなってしまう。

じゃあ、どうして？

なんで、黙っていたの？

あやかしのせいでお母さんが死んだなんて言ったの？

全部、知っていたのに。

「愛していたからだ」

千舟の声になっていない言葉が聞こえているかのように、広見は返答する。

「私は片田舎から松山へ出てきたつまらない男だ。それまで、あやかしの存在も信じていなかったし、ましてや、自分が神職など考えてもいなかったさ……それでも、祝谷の家に入ろうと決めたのは朝美のことを、本当に愛していたからだ」

千舟は勘違いしていた。

広見のことを、もっと気難しくて利己的な人間だと思っていた。千舟の知っている父親と同じ人物だとは思えない。

なぜ、千舟は避けてしまったのだろう。

もっと早く、理解できたのに。

「だから、許せなかったのだよ。朝美が自分たちとの生活を選んでくれなかったことが……彼女の考え方は尊敬するよ。私が愛した通りの女性だと思う。だがな……私は選ばれたかった。朝美の信念よりも、私たちとの生活を選んで欲しかった――完全な嫉妬だ」

嫉妬。

広見はそう言い切った。

表情にくもりはなく、躊躇もしていない。

しかし、千舟はその顔を見て、素直に言葉を返すことができなかった。

「おまえだって、そう思わないか？」

問われて、千舟は初めて広見の気持ちがわかった。

いや、それは、千舟が考えないようにしていたことだ。

朝美は真砂に命を返すことを選んだ。

たぶん、千舟も同じ立場なら、そうしたと思う。理解できる。朝美と自分は、やはり親子なのだと実感した。

だけど、家族の立場——一緒に生きることを選んでもらえなかった立場なら？　広見だって、朝美は朝美の道理を通したということはわかっているのだ。そんなことは、伝わっている。

理解できるかどうかではない。

知っているかどうかではない。

納得できるかどうかだ。

「わたしだって……お母さんがいたほうがいいんやろうなって思うんよ」

千舟だって、朝美がいなくて寂しい。逢魔町へ来るまでは、ずっとそうだった。日常に足りないものを探して、料理など、別の方向に走っていた。

「でもね、お父さん。わたし、お父さんに育ててもらって、いやだって思っとらんし……これからだって、大丈夫って思っとるんよ」

伝えるのが下手だ。

千舟の言葉はあまりに稚拙で、まとまりがない。

これじゃあ駄目だと思いながらも、どこかで、父には絶対に伝わるという根拠のない自信があった。

「ごめんね。あんまり言うこと聞かなくて」

すべて広見の優しさだった。

千舟に真実を教えなかったのは、朝美のような選択に迫られたとき、娘も母親と同じことをすると思ったからだ。

広見は嫉妬と言ったが、考えてみれば、それが正常だ。

彼は祝谷朝美を愛して結婚したいと思った。

神職でありながら議員となり、あやかしたちの住む逢魔町を管理するなど、並大抵のことではない。逢魔町は一般の常識の中で生きている人間にとっては未知の世界。大変に勇気のいることだ。

朝美が亡くなったあとも、一人で耐えてきた。

改めて、父はそういう人間であると千舟は理解してしまう。

今まで、見ようとしていなかった世界が急に広がっていく。

そう思った瞬間に、世界の色が変わった。

それは、母親が死んだ理由を聞かされたときのような変化ではない。知らなかったことが怖くて、すべての色が死んで見えたときとはちがう。

色鮮やかだった世界が、より鮮明に――美しく思えた。

ものの見方が変わる。

それは素晴らしいことでもあるのだと、感じた。

感情が言葉にならない。あふれ出しそうなのに、上手く吐き出せなかった。

言わないと伝わらないのに。

広見がそうだったように、千舟だって言わなければいけないのに。

「すまない、千舟」

そんな千舟の感情を察しているのか、それとも、全然関係がないのか。

広見は手元の取り皿を持ちあげた。

「さすがにこれは私には大きいし……どうせなら、他の料理も食べてみたい」

泣きそうだった。

言葉にならない声が、代わりに両目からこぼれそうだ。

千舟はエプロンで目頭を拭う。

そして、とびきりの笑顔を作った。

「かしこまりました、お客様。では、このお料理もみんなで一緒にいただきましょう。あと――今日はバイキングです。どうぞ、好きな料理をおとりください！」

大きな声で言った。

あやかしたちが嬉しそうに笑い、自分の皿を持ってくる。ずっと、食べる機会をうかがっていたのだ。

広見は「はは」と笑って頭をかいた。

「千舟さん」

各々が好きな料理を食べている。

満足していた千舟に、真砂が声をかけた。

「よかったですね」

「……はい」

ここへ広見を呼ぶのは、迷っていた。

広見はあやかしを嫌っている。あやかしたちも受け入れてくれないかもしれない。自信がなかった。

だが、それは杞憂だったとわかる。

同じ皿の料理をわけあって食べている彼らを見ると、そう思えるのだ。

「それじゃあ、千舟さん……ひとつ、おねがいがあります……」

「？　なんです——!?」

真砂が急に真面目な声を出すので、千舟はつい顔を向ける。

その瞬間を狙って、真砂は千舟の口にスプーンを突き出した。なにが起こったのかわからず、千舟は思わず口を開けてしまう。

「あっふ！」

驚きのあとに、口の中に味が飛び込む。

いわゆる、「あーん」の状態である。

千舟は混乱しながらも、口をモゴモゴ動かす。

オムライスだった。

千舟が作った和風オムライス。

トロッとした卵がバター醤油ベースのライスと溶け合うようにマッチングしている。削りかまぼこと、野菜の甘みが濃厚なバターとともに、存分に広がった。

「美味しいですか」

問われて、千舟はコクコクとうなずいた。

千舟が何度も作り直しながら、こだわった味なのだ。美味しくないはずがない。それなのに、真砂はわざわざ、そんなことを聞く。

「よかった。きっと、みんなも千舟さんと一緒に食べたいと思っていましたよ」

「へ？」

ようやく、口の中のものをゴクンと飲み込んで、千舟は首を傾げた。

「今日は、みんなで一緒に食べましょう」

のんびりと、やわらかな微笑み。

木陰の日射しのように、明るくて淡くて、優しい。桜のように、真砂は笑ってくれた。

その表情を見ていると、たまらなく気持ちが落ち着いて、こちらまで優しくなれる。

「わかりました……食べましょう」

「みんなで食べると、美味しいですからね。はい、あーん」

真砂は滑らかな流れで、もう一口分を千舟の口に運ぼうとする。千舟は両手を前に出してストップのポーズをとった。

「真砂さん！　そういうの！　そういうの、駄目だと思います！　自分で食べますから、大丈夫です。貸してください」

千舟はすかさず、真砂の手からオムライスの器とスプーンを奪い取る。

「千舟……」

広見がこちらを見て呆然としていた。

「あ、あ……えーっと」

さすがに、あやかしとはいえ、男の人から「あーん」してもらっている光景を、父親に見られるのはまずい。

まったく恋人などではないが、これは駄目だ。

「い、いや……お父さん、これはちがうんよ。真砂さんは天然というか、非常識というか……そういうところがあるんよ」

千舟はあわてて弁解しようとする。

「いや……思い出してしまっただけだよ。千舟が昔、私の料理を食べてくれなかったときのことを」

「え？」

広見の手料理？

千舟は両目をパチクリと見開いて、記憶をたどる。

「朝美の料理を真似てみたが、どうにも上手くいかなくてな……焦げたオムライスを投げつけられてしまったよ」

「そ、そんなこと、したっけ……？」

千舟は目を泳がせる。

けれども、だんだんと昔の記憶がよみがえってきた……たしかに、小さいころ、焦げた料理が食べられなくて泣いていたような気がする。

「でも、根気よく口元に持っていったら、すっかり泣きやんで食べてくれた」

「あ……」

そういえば、そうだ。

どうしても、食べられなかった料理。焦げていたり、塩辛かったり、歪《いびつ》な料理も……父に「あーん」してもらえば、不思議と食べることができた。

そのうち、お手伝いさんを雇いはじめたので、広見の手料理を食べることなどなくなってしまったが。

「お、お父さん……」

千舟はオムライスの皿とスプーンを広見に渡した。そして、口を大きく開ける。

「あーん」

みんなが見ている前で子供っぽいだろうか。でも、今はこうやって食べてみたい気がした。

やがて、広見が照れくさそうに、オムライスのスプーンを千舟の口へと入れてくれる。

ああ、なんて美味しいんだろう。

心の底から、そう思えた。

みんなで食べるご飯って、本当に美味しいんだな。

オムライスの甘さを感じながら、千舟は一口一口を噛みしめた。

終幕　またのご来店を、お待ちしております

休日の朝は、少しだけ遅い。

のんびり、ゆったりとした目覚めが名残惜しい。千舟は温かいお布団の殻を脱ぎ捨て、寒い部屋へと身を移す。

今日は二度寝しない。アルバイトがあるから。

千舟はいつものように、洗面所で歯を磨く。顔を洗って、黒くしなやかな髪を三つ編みにした。

着飾っても、どうせ制服に着替えてしまうが……なんとなく、ちょっときれいめな色のスカートを選んでみた。ピンクとグレーのタータンチェックなんて、派手でもなんでもないが、気分だ。

「千舟」

トントンッと音を立てて階段を下りると、広見がリビングから顔を出していた。今日は家にいるらしい。

「アルバイトか」

「うん」

「あの店か？」

「そう」

気恥ずかしくて、千舟は素っ気なく返してしまう。広見のほうも、多くの言葉を重ねなかった。

それでも、逢魔町へ行くことを反対されているわけではない。

もう少し、一緒に話したいな。でも、アルバイトにも行かないと。そんな葛藤がむず痒く、くすぐったい気がした。

「じゃ……いってこうわい」

結果的に「いってきます」と伝えて、千舟は玄関へと向かう。

「千舟」

数歩進んで、呼び止められた。

「今日は早く帰ってきなさい」

ああ、そういう話。「忙しくなかったら、そうするけんね」と、千舟は返そうとした。

「一緒に夕食を食べようか」

言おうとしたことを呑み込んだ。

千舟はしっかりとふり返り、広見の顔を見た。

「うん、早く帰る！」

今日も、がんばろう。

そう心に決めて、玄関を飛び出した。

✻　✻　✻　✻　✻

とまあ、そんなわけで。

いろいろあったが、その娘も今はオイラの可愛い可愛い後輩ってやつさ。オイラも、そろそろ子分を持ちたい気分だったんだ。

オイラだって、最初は人間が頻繁に出入りしていいわけがないってわかっていたさ。兄貴のこともあるしよ？

でもさ、やっぱり、来る者拒まず。

真砂の兄貴も気に入っているみたいだし、仕方なくな？

オイラは漫画も読めるしな！

は？　お客さん、なに言ってんだ？　オイラだって、その娘が好きなんだろうって？

はん！　うるせぇ。好き勝手言いやがって……でも、オイラはそんなことで怒るような男じゃあないんだぜ。

ふふん。

え？　その娘に会ってみたい？

いいぜ、そろそろ来るんじゃあないのかね。

カラリンドン

瓢箪のドアチャイムが響く。

明るい外の日射しとともに、レストラン東雲に元気な声が飛び込んできた。

「今日も、よろしくおねがいしまーす！」

本書は書き下ろしです。
この物語はフィクションです。
実際の人物・団体等とは一切関係ありません。

ポルタ文庫

松山《まつやま》あやかし桜《ざくら》　坂《さか》の上《うえ》のレストラン《東雲《しののめ》》

2019年10月25日　初版発行

著者　田井ノエル

発行者　宮田一登志
発行所　株式会社新紀元社
〒101-0054
東京都千代田区神田錦町1-7　錦町一丁目ビル2F
TEL：03-3219-0921　FAX：03-3219-0922
http://www.shinkigensha.co.jp/
郵便振替　00110-4-27618

カバーイラスト　景
DTP　株式会社明昌堂
印刷・製本　株式会社リーブルテック

ISBN978-4-7753-1772-3

桃色運日

イラスト 名倉

当麻と気弱な看護学生・真澄は、真剣に恋を誓った仲良き恋人同士。病や仕事に導命的に忘れいそうだった真澄だが、その初々の日々が、看病に疲れてしまま
ところが、その初々の日々が、看病に疲れてしまま
うのはかなしいことは…!?　心の癒しを発見する、癒しのあやうしい物語。

ポルカ文庫